Wanipa-Media

www.wanipa.de

Ein Projekt von Nils Wagner & Patrick Wagner

Nils Wagner wurde 1995 geboren. Seit vielen Jahren schreibt er Geschichten. zusammen mit seinem Bruder Patrick Wagner ist er Autor für diverse Comicserien wie "Max Torrt", "Mystery Bastards" und "Disco-Boys: Undercover".
Das Buch "Kommunisten-Monopoly" ist seine erste Buchveröffentlichung.

Patrick Wagner (*1992) ist der Herausgeber des Buchs "Kommunisten-Monopoly". Er ist der Schöpfer von zahlreichen Comicserien wie "Max Torrt", "Mystery Bastards", "Trapperjim" und "Disco-Boys: Undercover". Zusammen mit seinem Bruder Nils Wagner gründete er 2014 das Medienprojekt "Wanipa-Media" (wanipa.de).

Impressum
Herstellung und Verlag:
BoD-Books on Demand, Norderstedt
ISBN: 978-3-7357-7594-8

Nils Wagner

Kommunisten-Monopoly

Kapitel 1
Die große „Krötenwanderung"

Tag 1

Der Würfel fällt... und rollt. Er alleine bestimmt wo du zu stehen hast...
Wirf wie du willst. Der Würfel bleibt der Entscheidungsträger. Alles ist und bleibt Schicksal.

Im Börsenzentrum standen die Herren mit grauen Fräcken und starrten mit gleichgültigen Augen auf die Börsenkurse. Sie sausen in neonrot die lange LCD-Wand entlang, verfolgt von den mürrischen Blicken. Diese Herren investierten in Schicksal. Jedoch nicht Hals über Kopf, denn sie wussten, dass man das Schicksal in bestimmter Weise beeinflussen kann.
Sei es durch informieren, kombinieren oder schlichtweg durch mogeln.
Einer der heute anwesenden Herren ist der mehr oder weniger erfolgreiche Geschäftsmann Thomas Herbst, welcher dürftig versuchte sich zu informieren, nicht

fähig war zu kombinieren aber immerhin weise genug nicht zu mogeln.

Oder einfach blöd genug war nicht zu mogeln?

Das Schicksal wird seinen Lauf schon nehmen. Wenn der Würfel erst einmal wieder fällt.

„Verflucht nochmal!", schimpfte Thomas als er auf die Kurse blickte und raufte sich dabei durch sein kurzes Haar, „die Hafenstraße hat erneut an Wert verloren! Ich wusste ich hätte zuerst auf die Rendite von der Investition in die Elisenstraße warten sollen."
Thomas warf vor Wut seine Wirtschaftszeitung auf die Erde und versuchte durch schnelle und ruckartige Hand- und Beinbewegungen seine Wut zum Ausdruck zu bringen. Dass er dabei lediglich wie ein Anzug tragender Hampelmann aussah, schien ihm nicht aufzufallen. Wohl schon aus dem Grund, da ihm die Herren, die um ihn rumstanden, trotz allem nicht die geringste Beachtung schenkten, sondern weiter dicht gedrängt und im dunklen Frack wie eine Horde Pinguine im

Schneesturm auf die Kurse starrten. Wieder durchflog eine neue Nachricht die LCD-Wand. Keiner der anwesenden Herren kommentierte die Nachricht oder verzog das Gesicht. Die Nachricht war einfach da. Nichts weiter.

Thomas verließ währenddessen den großen Aktionärssaal des Börsenzentrums und lief auf dem Weg nach draußen durch die riesige Eingangshalle.
Auf dem frisch polierten Marmorboden spiegelten sich die Worte „Own it All", die in großen goldenen Buchstaben motivierend für die Geschäftsleute direkt über der ständig überfüllten Rezeption des Börsenzentrums angebracht waren.
„Wie soll ich alles besitzen, wenn es mir mein Schicksal immer so schwer macht?!", brüllte Thomas, sodass es durch die ganze Halle schallte.
Zwei Sicherheitsleute, die mit ernstem Blick und strenger Haltung an den Eingängen platziert waren, warfen sofort einen Blick auf diesen störrischen Gast. Konnten sich dann aber wieder entspannen, als dieser zwar immer noch wütend zuckend, aber

geradewegs durch den Ausgang hinaus lief.

Draußen war der Himmel dunkel. Um sein Haar vor den trübgrauen Regentropfen zu schützen, die aus den finsteren Wolken auf die Straßen zwischen die düsteren blockartigen Hochhäuser des Wirtschaftsviertels fielen, musste Thomas dicht gedrängt an den Gebäuden laufen um Schutz unter den aufgespannten Werbeschirmen der Geschäfte zu finden.

Um ihn herum eilten weiter die schwer beschäftigten und in dunkle Anzüge gehüllten Geschäftsleute über den nassen Gehsteig. Sie hatten ihre Gesichter abweisend mit ihren teuren Filzhüten bedeckt.

Auf der Straße brausten dazu die schweren Geldtransporter der Banken. Hier und da fuhr auch mal die Nobelkarosse eines Menschen, der wohl zu wissen schien wie man das Schicksal zu seinem Glück spielen lassen konnte.

Thomas hingegen musste sich als weniger erfolgreicher Mensch mit einer Monatskarte für die Straßenbahn begnügen.

Seine Großmutter meinte damals immer:

„Eine Straßenbahn bietet mehr Komfort als ein

Auto! In der Straßenbahn hast du deinen eigenen Chauffeur, kannst ohne auf den Verkehr zu achten noch etwas schlafen und du kannst mehr als nur drei Freunde mitnehmen."
Ein liebgemeinter aber dennoch nutzloser Ratschlag. Nicht jeder, der ins leere blickend vor dir in der Straßenbahn steht, ist auch dein Freund. Er könnte dich vermutlich während eines Nickerchens auch noch ausrauben.
Jeder versucht nun mal auf seine Weise dem Aufruf „Own it All" nachzugehen.

Für einen mittelwertigen Geschäftsmann wie Thomas war es allerdings nicht möglich seinen Abend irgendwo in einem der netten Cafés am Opernplatz zu verbringen.
Wozu auch, wenn sich eine viel günstigere Alternative bot?

Ein paar Straßenblocks unter der Seestraße, wo Thomas eine kleine Wohnung bezog, befand sich die weniger begehrte Turmstraße.
Ein Wohnviertel in dem die noch weniger erfolgreichen Leute ihr zu Hause hatten. Jeder der es für sinnvoll hielt, in diese Gegend sein Geld zu investieren, war entweder ein

Geschäftsmann mit einem wirklich guten Plan oder einfach nur ein Vollidiot.

Die Mietpreise waren dauerhaft niedrig, die wohnliche Ausstattung dementsprechend mies. Der Putz bröckelte von den Außenfassaden der Häuser, die Straßen hatten gigantische Schlaglöcher, aber jeder, der es nicht besser haben konnte, fühlte sich wohl.

Ebenfalls wohl fühlte sich hier Gabriel Weiß.
Einer der Wenigen, die es wagten in dieser Gegend ein Geschäft zu führen.
Eine kleine Bar war es um genau zu sein.
Gut gelegen an der Hauptstraße im unteren Bereich seines eigenen Wohnhauses.
Betrat man die Bar, zog einem sofort eine milde Duftmischung aus Tabakqualm, Alkohol und Buchenholz in die Nase.
Die gesamte Bar war vom kleinen Kamin im hinteren Bereich bis vorne hinter den Tresen mit Buchenholz vertäfelt.
Gabriel legte großen Wert darauf, dass sich die Leute in seiner Bar wohlfühlten. Denn jeder, den es in diese Gegend verschlug, konnte einen solchen Ort gebrauchen, in dem er liebevoll aufgenommen wurde.

Gabriel war im Grunde wie das Sandmännchen. -Nur dass er anstatt mit einem immer wechselndem Fahrzeug, jeden Abend mit einem immer neuen Ratschlag seine Kunden beglückte.

Dies wusste auch Thomas zu schätzen und kehrte jeden Abend nach einem harten Tag an der Börse bei ihm ein.

„Guten Abend auch!", rief Gabriel, als Thomas an diesem Abend in seine Bar schlich.

Ohne auf eine Rückantwort zu warten, schenkte ihm Gabriel auch sofort ein Glas von Thomas Lieblingswein ein. Neidisch guckten dabei zwei etwas ältere Männer, die etwas weiter abseits am Tresen saßen und sich lediglich ein kleines Bier leisten konnten.

„Demnächst kann ich mir den Wein nicht mehr leisten.", rief Thomas als er auf einem der rot gepolsterten Barhocker platz nahm, „meine Geschäfte laufen einfach nicht mehr! Mit der Elisenstraße mache ich einfach keinen Gewinn und mit der Hafenstraße sogar Verlust…"

„Ich hab auch davon gehört", unterbrach ihn Gabriel, „erst vorhin kam im Radio die Meldung, dass wieder ein paar Firmen pleite gegangen sind und sich die großen Konzerne deren ganzes Geld einverleibt haben." Thomas nahm einen ersten Schluck von seinem Wein und sprach dann mit einem fast schon wieder komplett beruhigten Ton: „Im Grunde ist es ja eigentlich Sinn der ganzen Sache hier, die Konkurrenz möglichst vernichtend auszuschalten. Aber die Menschen, die hinter den Firmen stehen, werden nie bedacht. Du nimmst ihr Geld und lässt sie auf der Straße zurück." Gabriel strich sich nachdenkend über seinen kahlen Kopf, blickte zu den zwei alten Männern am anderen Ende des Tresens und flüsterte dann zu Thomas:

„Siehst du den alten Kerl da drüben mit dem schwarzen Kinnbart? Der sitzt schon seit einigen Monaten jeden Abend hier. Er war einer der ersten Geschäftsleute der bei den ständig steigenden Preisen nicht mithalten konnte. Die ersten Abende hat er hier noch große Reden geschwungen und sich über die Gier der Konzerne beschwert. Jetzt sieh ihn dir an, diesen Trauerkloß. Trübe Augen, Falten und eine vom Leben und Alkohol gezeichnete Haltung. Versprich mir bitte, Thomas, dass du nicht so enden wirst."

Thomas hatte konzentriert zugehört und nun war ihm einiges klar geworden.

Er musste ehrgeizig bleiben um hier bestehen zu können und er durfte sich von keinem der großen Konzerne ausbeuten lassen.

Gabriel hatte während Thomas nachdachte das kleine hölzerne Radio neben seiner Zapfanlage angeschaltet. Nach einem der üblichen instrumentalen Musikstücke, welche die örtliche Radiostation tagtäglich abspielte, kamen die Nachrichten.

„Guten Abend und willkommen zu den Nachrichten", sprach die markante Stimme des Nachrichtensprechers, „wie erst vor wenigen Minuten aus dem Wirtschaftszentrum gemeldet, kam es zu einer weiteren großen Geldabwicklung an der Schlossallee. Hierbei verlor „Cover-Productions" sein gesamtes Kapital und Eigentum an Winter-Industries. Womit „Cover-Productions" vollständig aus dem freien Wettbewerb ausscheidet."

Gabriel schaute mit betroffenem Gesicht durch die Runde und sprach letztendlich:

„Seht ihr? Es trifft nicht mal nur die Kleinen."

Kapitel 2
Wie ein Baum, den man fällt

Tag 2

Die Meldung der pleitegegangenen „Cover-Productions" schlug ein wie eine Bombe und alle Geschäftsmänner und Investoren versuchten sich am nächsten Tag mit ausgeklügelten Geschäftsplänen ihre eigenen Vorhaben gegen ein Zusammentreffen mit der Schlossallee zu schützen.
So war am Morgen im Börsenzentrum einmal wieder die Hölle los.
Die Eingangs- und Aktionärshalle war überfüllt von Leuten die sich die besten und vielversprechendsten Angebote sichern wollten. Dazu dröhnte ein ohrenbetäubender Lärm aus dem gesamten Gebäudekomplex, da jeder entweder lautstark in sein Handy brüllte oder am Wertpapierschalter mit vielen anderen um die letzten Angebote stritt.
Das riesige „Own it All" schien an diesem Morgen besonders hell und golden zu glänzen.

Mitten in dem ganzen Trubel befand sich auch Thomas, wie an fast jedem Tag.

Doch dieses Mal fiel es ihm zwischen den ganzen Leuten noch schwerer einen guten Blick auf die Börsenkurse zu erlangen.

Denn heute war tatsächlich die gesamte Geschäftswelt der Stadt versammelt.

Darunter auch Henry und Jurie Schmitz, die Brüder von der „Schmitz & Schmitz OHG", welche sich während des gesamten Wirtschaftstrubels dazu entschlossen hatten, zusammenzuarbeiten.

Zwar weniger erfolgreich als „Winter-Industries" hatten die Brüder dennoch die Schiller-, Lessing- und Goethestraße unter ihrer Kontrolle.

Heute war ihr Ziel, eventuell noch einen Anteil an der Theaterstraße zu bekommen, welche nach dem Ausscheiden von „Cover-Productions" erneut an Priorität gewonnen hatte.

„Jurie, ich glaube wir waren zu langsam um die Theaterstraße noch zu bekommen.", sprach Henry mit einem gelassen aber enttäuschten Ton zu seinem Bruder.

Jurie stellte sich auf die Zehenspitzen, um über die Masse der Geschäftsleute hinweg zu sehen und um einen besseren Blick auf die Tabelle mit den Straßenpreisen zu bekommen.
Tatsächlich zeigte die elektronische Tabelle mit einem roten Blinken an, dass die Theaterstraße bereits einen neuen Käufer gefunden hatte. Dieser trug zum Unglück aller den Namen „Lens & Co.". Der zweitstärkste Konzern zurzeit.

Jurie verschränkte mit einem grimmigen Blick seine Arme und meinte dann zu seinem Bruder: „Dieser Mistkerl hat doch irgendwie geschummelt. Der Verkauf der Theaterstraße sollte erst in einer Stunde stattfinden. Ich kann mir nicht vorstellen, dass er so viel geboten hat, dass er sie jetzt schon gutgeschrieben bekommt."
Henry fasste sich nachdenklich ans Kinn und meinte dann leise:
„Eventuell schaltet sich das Kartellamt ein, wenn es tatsächlich nicht mit rechten Dingen abgelaufen ist. Andererseits habe ich das Vertrauen ins Kartellamt bereits verloren. Wir haben unseren Antrag für die OHG ja auch

viel zu schnell durchbekommen, obwohl man uns einen viel längeren Ablauf prophezeit hatte."

Den Schmitz Brüdern blieb diesen Morgen somit nichts anderes übrig als das Börsenzentrum ohne ein abgeschlossenes Geschäft zu verlassen.

Nur eine Straße über dem Börsenzentrum befand sich das Hauptgebäude von „Winter-Industries".
Nach dem großen Coup mit „Cover-Productions" hielt es hier diesen Morgen niemand für nötig sich zwischen den Anzugträgern im Börsenzentrum herumzuschlagen.

Peter Winter, der große Mann hinter „Winter-Industries", saß zufrieden in seinem schick ausgestatteten Büro, schaute auf seinen PC und bewunderte seinen frisch gestiegenen Kontostand.
„Das war ein wirklich guter Fischzug.", sagte Peter lächelnd und winkte seinen Hauptsekretär zu sich herein, der bereits

neugierig in der Tür stand.
„Soll ich vielleicht etwas Champagner bringen lassen, Herr Winter?", fragte der Sekretär, als er fröhlich in das Büro tänzelte.
Peter Winter musste lachen, meinte dann aber mit einer lockeren abweisenden Handbewegung: „Nein danke, Sie wissen ja, dass ich eigentlich ein bescheidener Mann bin. Hätten Sie nicht auch eher Lust auf einen Orangensaft?"
Der Sekretär konnte die Bescheidenheit seines Chefs nicht verstehen. Wenn er so viel Geld auf einen Schlag verdient hätte, hätte er vermutlich erst einmal einen drauf gemacht.
Peter Winter rollte mit einem festen Schwung auf seinem Bürostuhl zurück, um seinen lieben Sekretär noch genauer ansehen zu können.
„Was machen Sie denn für ein Gesicht?", fragte er mit einem frohen Grinsen, „Sie freuen sich wohl gar nicht so sehr für mich."
Der Sekretär schaute auf seine schwarzen Anzugschuhe, welche im plüschigen Teppich vor Herrn Winters Schreibtisch etwas einsanken, sagte dann aber:
„Nun wissen Sie Herr Winter, Ihre Bescheidenheit ist zwar sehr bemerkenswert

wenn auch nicht gerade nachvollziehbar."

Peter hatte heute einen guten Tag und lachte abermals laut auf.

„Sie amüsieren mich. Ich bin einfach so stolz darauf, das alles hier selbst erarbeitet zu haben. Warum sollte ich es dann gleich alles wieder ausgeben? -Nun, ich hörte einmal den Satz: ‚Geld macht erst Spaß wenn es weg ist.' Wenn dies stimmen würde, müssten Obdachlose die glücklichsten Menschen der Welt sein. -Aber dem ist bekanntlich nicht so. Ich habe heute dieses wunderbare Gefühl, wissen Sie? Dieses Gefühl was man hat, wenn man einen Berg aus eigener Muskelkraft erklommen hat, ohne die Hilfe einer Seilbahn oder ähnlichem. Ich möchte nun einfach den Ausblick genießen und nicht darüber nachdenken, wie ich am schnellsten wieder runter komme. -Aber wenn Sie so fürs Geldausgeben sind, gehen Sie hinaus und leiten ein Rundschreiben für die Firma in die Wege. Ich gewähre für diesen Monat eine kleine Gehaltserhöhung für alle Mitarbeiter. Es war schließlich ein gutes Quartal."

Mit diesen Worten drehte sich Peter Winter zufrieden um und blickte aus dem großen

Fenster hinter seinem Schreibtisch, von wo er einen guten Ausblick auf die Stadt hatte. Sein Sekretär war währenddessen hinaus gelaufen um seinen Computer anzuwerfen, damit er allen Beschäftigten die Großzügigkeit ihres Chefs verkünden konnte.

Winter selbst stand noch ein Weilchen an seinem Fenster und blickte zufrieden auf die großen Nachbarhochhäuser. Weiter entfernt waren auch noch die Außenstellen seiner Firma zu erkennen. Die Fabriken, um genau zu sein. Aus den großen Schornsteinen sah er die Rauchsäulen emporsteigen und nickte zufrieden, da sein Geschäft so gut lief.

Als er wieder an seinem Schreibtisch platznahm und sich zur Feier des Tages einen Kaffee ins Büro bringen lassen wollte, stieß er im Internet auf die neuesten Nachrichtenmeldungen.

Berichtet wurde über die seit den frühen Morgenstunden andauernden Tumulte im Börsenzentrum, welche Peter Winter allerdings kalt ließen.

Als er aber nur einen Bericht darunter, darüber las, dass Hermann Wiesnewski, der ehemalige Eigentümer von „Cover-Productions", schon

letzte Nacht sein Eigentum verlassen musste und heute Morgen beim beziehen einer Wohnung in der Turmstraße gesichtet wurde, machte es Herrn Winter aber doch nachdenklich.
Selbstverständlich war Wiesnewski Konkurrenz für ihn, aber so etwas ließ ihn doch bitter aufstoßen.
Auch die ganzen Mitarbeiter von „Cover-Productions" werden nach der Schließung sicher nicht alle wieder Arbeit finden.
Fressen, oder gefressen werden. So ist es nun mal, aber dennoch überredete sich Winter schließlich selbst, sich statt eines Kaffees, sein Scheckbuch bringen zu lassen. Er stellte eine größere Geldsumme für Hermann Wiesnewski aus, mit der Bitte, sich zu informieren, welche seiner Mitarbeiter keine neue Arbeitsstelle finden konnten und diesen einen Teil des Betrags zu überweisen.
Damit hatte Peter Winter sein Gewissen beruhigt, konnte sich wieder lächelnd zurücklehnen, seinen Kontostand betrachten und einfach stolz auf sich selbst und seine Arbeit sein.

Weniger Stolz war währenddessen Wiesnewski, welcher mit tosenden Flüchen gegen die Wände seiner neuen Turmstraßenwohnung trat.

Das ohnehin schon baufällige Haus, geriet dadurch nur noch mehr ins Beben und es war nur eine Frage der Zeit, bis sich einer der mürrischen Nachbarn bei ihm beschwerte.

Doch Wiesnewski hatte Glück...

„Scheiße verflucht nochmal!", brüllte Wiesnewski und trat und boxte mit voller Kraft gegen die schäbige Wohnzimmerwand seiner Wohnung, sodass nur wenige Meter entfernt eines der aufgehängten Bilder auf die Erde fiel.

Das Klirren des Bilderrahmens brachte ihn dabei noch zusätzlich in Wallung, sodass er das Bild mit beiden Händen aufhob und mit einem brutalen Wurf durch das geschlossene dünne Fenster beförderte und es mit lautem Scheppern schließlich auf der Straße aufschlug.

Doch das reichte ihm noch nicht. Mit einem psychotischen Blick suchte er den Raum nach etwas anderem ab, an dem er seine Wut auslassen könnte.

Doch er fand nichts, sodass er wieder nur eine

Schreiorgie zustande bringen konnte. Eine Orgie gefüllt mit Hass und Schimpfworten.

„Warum verflucht nochmal iiiich?!", jaulte er und sprang dabei auf den Bodendielen auf und ab, in der Hoffnung diese vielleicht auch noch zum Brechen zu bekommen.

Nach einem weiteren finalen Wutschrei, der das ganze Haus zum zittern brachte, sodass sichtlich der Putz von den Wänden bröckelte, fiel er nur noch weinend auf die Knie und hielt sich die Hände fest über seinem Kopf.

„Das ist nicht fair... das ist einfach nicht fair!", flüsterte er weinend zu sich selbst, während seine Tränen über seine Wangen liefen, um letztendlich auf den staubigen hölzernen Boden hinunter zu tropfen.

Als er weinend weiter in seinen eigenen Armen versank, hörte er es plötzlich an die Tür klopfen.

„Herr Wiesnewski? Sie sind es doch oder?", fragte eine männliche und beruhigende Stimme.

„Was wollen sie von mir?", fragte Hermann Wiesnewski und fing an, langsam wieder aufzustehen.

„Ich hatte mitbekommen, dass wir einen neuen,

etwas prominenten, Gast bei uns zu begrüßen haben und dass Sie auch etwas Aufmunterung gebrauchen können, war nicht zu überhören.", antwortete die Stimme.

Hermann Wiesnewski dachte einen Moment nach und meinte dann fast schon wieder komplett beruhigt:

„Na gut, kommen Sie rein... die Tür ist nicht zu. Ich habe sie bereits kaputt getreten."

Nach diesen Worten öffnete sich langsam die Tür und Gabriel Weiß trat ins Zimmer.

Hermann hatte tatsächlich die Ehre gehabt, im selben Haus über Gabriels Bar zu wohnen.

Gabriel hatte zwar keine Haare mehr, schaffte es mit seinen Augen aber so viel Gutmütigkeit auszudrücken, dass es die Leere auf seinem Kopf sofort wieder wettmachte.

So stand er vor Hermann und blickte diesem mit einem leichten Lächeln in seine vom Weinen erröteten Augen.

Hermann selbst stand mit seinem lockigen, blonden und vor Wut zerzaustem Haar nur fragend vor ihm, konnte sich durch die Ausstrahlung von Gabriel aber schnell beruhigen.

„Du hast hier ja einen ziemlichen Krach

veranstaltet.", schmunzelte Gabriel während er sich im Zimmer umschaute und dabei auch das zerstörte Fenster erblickte.

„Da hab ich ja auch allen Grund zu.", sprach Hermann und stampfte noch einmal leicht mit seinem Fuß auf, „alles haben sie mir genommen! Wirklich ALLES! Jetzt sitze ich hier, in dieser Schrottbude!"

Die Bemerkung, dass Hermann selbst nach dem Wutausbruch nicht ganz unschuldig an dem Zustand seiner Wohnung war, verkniff sich Gabriel jedoch mit einem sanften Schmunzeln.

Stattdessen ging Gabriel noch ein Stück weiter auf Hermann zu, legte ihm seine Hand auf die Schulter und sprach mit ihm wie zu einem Kind, das gerade von der Schaukel gefallen ist: „Für dich mag es jetzt das Schlimmste sein, was dir passieren konnte. Bedenke aber immer, dass du gesund bist und du von den „LOS!-Subventionen" auch noch überleben kannst."

Hermann schüttelte jedoch nur wieder leicht wütend den Kopf, wollte aber vor diesem Menschen, der ihm eigentlich nur helfen wollte, nicht wieder ausrasten.

„Hör mal", sprach Hermann und fasste Gabriel

auch leicht an den Arm, „ich glaube ich möchte erst einmal wieder alleine sein... aber danke jedenfalls."

Gabriel lächelte und nickte zustimmend.

„Wenn du möchtest, kannst du heute Abend auch in meine Bar kommen. Da werden wir dich sicher auch wieder aufheitern können.", sagte Gabriel noch, ging aus der Wohnung und schloss hinter sich die Tür.

Als er wieder alleine war, strich sich Hermann erschöpft durch die Haare, ging zu dem zertrümmerten Fenster und blickte hinaus.

Das Bild lag zwischen Glasscherben und dem zerbrochenen Holzrahmen in der Gosse und hatte fast ein wenig Ähnlichkeit mit einem abgestürzten Engel. Weiß war das Papier und der kaputte Rahmen sah aus wie ein gebrochener Flügel.

Das Bild zeigte eine kleine steinerne Brücke, die über einen mit Nebelschwaden behängten Fluss führte.

Ein Motiv, welches man hier in der Stadt nur selten zu Gesicht bekommt.

Als die Sonne die dichte graue Wolkendecke an diesem Tag einmal kurz durchbrach, fingen die Scherben leicht an zu glitzern und eine alte Frau wurde darauf aufmerksam.

Langsam kam die alte Dame, welche wohl schon gegen ende siebzig war von der anderen Straßenseite herüber gehumpelt und betrachtete das in der Gosse liegende Bild.

Danach schaute sie zu Hermann hoch, welcher immer noch hinter dem gefährlich spitzen und zerbrochenen Fenster stand und hinunter schaute.

„Das ist doch Ihr Bild, oder? Für wie viel darf ich es mir nehmen?", fragte die alte Frau und schaute erwartungsvoll zu Hermann.

Dieser witterte den Beginn einer neuen Geschäftsperiode und antwortete gezielt und markant: „Geben sie mir 20 Mäuse und es gehört Ihnen!"

Die alte Frau verzog das Gesicht, spuckte einmal kräftig auf das Bild und schimpfte dann mit böser Stimme:

„Herr Wiesnewski! Sie sind ein unverschämter Hund! Sehen Sie Ihre Lage endlich ein. Sie waren zwar ein großer Baum, jedoch hat man Sie gefällt."

Ohne Hermann Wiesnewski noch eines weiteren Blickes zu würdigen, schlich sie weiter die Straße entlang, bis sie schließlich hinter einer Ecke verschwand.

Kapitel 3
Bankirrtum zu Ihren Gunsten?

Tag 3

Am nächsten Tag war im Börsenzentrum wieder der normale Alltag eingekehrt.
Alle wichtigen Immobilien, welche „Cover-Produktions" vorgestern aufgrund der Übernahme zurück an die Regierung verkauft hatte, hatten bereits einen neuen Besitzer gefunden.
Thomas Herbst saß zusammen mit Jurie Schmitz an einem kleinen Tisch im Lounge Bereich des Börsenzentrums und sie diskutierten über den gestrigen Vorfall mit der Theaterstraße, da diese noch vor Verkaufsschluss an „Lens & Co." abgegeben wurde.
„Ich sage dir, Walter Lens hat irgendwelche komischen Sachen am laufen. So einen Vorfall gab es schon einmal. Zwar mit einer Firma, die schon lange aus dem Wettbewerb geflogen ist, aber damals handelte es sich auch um schlichte

Korruption. Die hatten hier einen Hintermann in einer der oberen Etagen des Zentrums sitzen, welcher für ihn die Abwicklungen immer schon früher erledigt hatte.", erzählte Jurie aufgebracht, während er sich auf einem Ledersessel räkelte, auf dem er Platz genommen hatte.

Thomas blickte vorsichtig durch den Lounge Bereich, um sicher zu gehen, dass sie keiner belauschte. Lautstark an diesem Ort über ein solches Thema zu reden war ihm nämlich sehr unangenehm. Als er sicher war, dass die Leute um sie herum viel zu müde vom Geschäfte machen waren und mehr oder weniger bereits beim entspannten Einschlafen, antwortete er:

„Das Kartellamt müsste sich eigentlich darum kümmern. Wir sind schließlich nicht die einzigen denen das aufgefallen sein muss."

Jurie jedoch schüttelte nur den Kopf.

„Das Kartellamt ist ein Scheiß!", sprach er, „die passen höchstens darauf auf, dass du nicht zu viel Geld aus der Bank nimmst und vor allem, dass du dich nicht mit deinen Mitbewerben mit den Preisen absprichst. Es war ja schon wirklich ein Wunder, dass sie die OHG mit meinem Bruder so schnell zugelassen haben!"

Plötzlich Schlug Thomas' Handy Alarm.
„Oh Jurie! Ich muss los! Ich habe gerade meine „LOS-Subventionen" erhalten. Ich muss schauen ob ich direkt was investieren kann.", sprach Thomas aufgeregt, klopfte noch einmal auf den kleinen Glastisch vor sich und verschwand.

Walter Lens befand sich diesen Tag selbst einmal wieder im Börsenzentrum.
Auch um einmal wieder ein Geschäft abzuschließen. Jedoch ganz anders als die restlichen Geschäftsleute an diesem Tag.
„Hey Karlos!", rief Walter, als er in das Büro eines der Regierungsangestellten der Börse trat.
„Oh! Herr Lens! Schön Sie zu sehen!", sprach der Angestellte und gab seinem Gast freundlich die Hand.
Walter setzte sich auf einen kleinen Stuhl im Büro, nahm eine lässige Haltung ein und begann zu erzählen:
„Der Plan hat funktioniert. Durch die schnelle Überschreibung der Theaterstraße konnte ich massig Geld sparen. Die anderen Idioten da unten wollten ihre hohen Geldgebote erst kurz vor knapp abgeben. Damit, dass der

Verkaufsschluss eine Stunde früher als üblich stattfand, hat wohl niemand gerechnet. Jeder war außerdem so beschäftigt, dass es sicher niemandem wirklich aufgefallen ist."
Der Börsenangestellte nickte mit einem skeptischen Gesichtsausdruck.
„Ich erwarte dafür aber jetzt auch meinen Anteil.", entgegnete der Mann schließlich.
Walter lachte mit einem bösen Unterton, stand auf und schlug dem Angestellten auf die Schulter.
„Natürlich bekommst du noch deinen Anteil. Selbstverständlich aber erst dann, wenn ich mit der Theaterstraße auch etwas eingenommen habe. Ich muss schließlich auch von was leben. Du bekommst von jeder Geldabwicklung mit der Theaterstraße sagen wir mal ein Fünftel. Das ist doch ein super Angebot."
Der Angestellte war von Walter regelrecht eingeschüchtert und begann nur hastig zu nicken.
„Na dann ist ja alles geklärt! Schönen Tag wünsche ich noch!", rief Walter und lief ohne ein weiteres Wort zu verlieren ins Büro.
Auf dem Weg zum Aufzug murmelte er noch

leise:

„Dieser Trottel. Als wenn er wüsste wie viel Geld ich mit der Straße wirklich verdienen kann. Ich überweise ihm nach jedem Geschäft etwa 200 Piepen und damit hat sich die Sache."

Als Walter aus dem Aufzug stieg und durch die Eingangshalle des Börsenzentrums lief, kam er wieder an dem goldenen „Own it All" vorbei.

Er war tatsächlich nahe dran, alles zu besitzen.

Einige Straßenblocks entfernt war aber immer noch ein Mann, der erst vor kurzem alles verloren hat.

Hermann Wiesnewski saß zu tiefst betrübt in der Bar von Gabriel Weiß.

Gabriel hatte seine Bar heute extra etwas früher geöffnet und den kleinen Kamin im hinteren Bereich des Raumes befeuert.

Er hatte zu viel Mitleid mit Hermann, dass er ihn nicht alleine oben in seiner Wohnung lassen wollte.

Hermann selbst saß mit einem Kaffee vor sich am Tresen und murmelte immer noch wütend vor sich hin, wie unfair doch alles für ihn verlaufen sei.

Gabriel hatte bereits den ganzen Tag versucht ihn aufzumuntern, aber nichts wollte helfen.
Also warf Gabriel einen Blick in die Zeitung. Erneut waren viele Firmen pleitegegangen und so ziemlich alle Beschäftigten saßen nun auf der Straße oder im Turmstraßenviertel fest.
Gabriel legte die Zeitung wieder beiseite und startete einen neuen Versuch um mit Hermann ein Gespräch anzufangen:
„Sag mal, weißt du was mit all deinen Angestellten passiert ist? Sitzen von denen auch viele auf der Straße?"
Hermann blickte wütend auf und begann händefuchtelnd zu rufen: „Wahrscheinlich! Aber ist mir egal!!! mir selber geht es ja nicht besser! Lange genug musste ich mich um diese Leute kümmern. Jetzt ist niemand für mich da. Mein Leben ist quasi vorbei und das alles nur, weil es hier so unfair vor sich gehen muss."
Gabriel wollte dem nichts mehr hinzufügen. Mehr als ein: „Also ich bin gerne noch für dich da...", brachte er auch nicht mehr heraus.

Als der Abend kam, kehrten auch die altbekannten Gesichter wieder bei Gabriel ein. Thomas Herbst, die zwei alten armen Herren und seit letztem Abend zwei Arbeitslose, die zuvor in einer der kleinen Firmen gedient hatten, welche beim großen Wettbewerb nicht mithalten konnten.

Hermann Wiesnewski hatte sich am Abend zuvor schon ein wenig mit dem einen der alten Herren angefreundet. Bekanntlich war dieser auch einmal der Besitzer einer Firma gewesen.

Nun saßen sie dort zu zweit und verfluchten die Welt.

Merlin van Heesen hieß der alte Geschäftsmann und hatte wegen seines viel zu frühen Ausscheidens eine fast noch größere Wut im Bauch als Hermann, was nach seinem Wutausbruch von gestern jedoch kaum vorstellbar war.

„Das Geld ist hier eigentlich das größte Problem.", fing er plötzlich an zu murmeln, „die Leute wissen einfach nicht wie man mit diesem übermenschlichen Gut umgehen soll. Früher konntest du Häuptling einer Gruppe sein, wenn du körperlich der stärkste warst. Heute jedoch wirst du zum Anführer wenn du lediglich das meiste Geld hast."

Gabriel hörte dem alten Merlin neugierig zu, meinte dann aber:

„Willst du damit etwa sagen, dass wir zukünftig unsere Regierungschefs mit Knüppelkämpfen ermitteln sollen, damit wieder der stärkste an die Macht kommt?"
Merlin fühlte sich veralbert und meinte dann genervt:
„Herr Gott! Nein! In modernen Zeiten wie diesen, sollte schlichtweg der Mann an der spitze stehen, der den klarsten Verstand hat. Jemand der weiß, wie Dinge zu regeln sind. Nicht jemand der einfach einen Batzen Geld hinwirft und hofft, dass sich so alles von alleine löst. Das Geld wird irgendwann verbraucht sein, aber die Probleme werden wiederkommen."
Gabriel hatte weiter interessiert zugehört. Ungern kritisierte er die Meinung von anderen, aber wegen der Fairness musste er etwas dazu sagen:
„Das klingt jetzt aber auch wieder fast so, als würde der Mann, der das meiste Geld hat, sofort in das Amt des Präsidenten erhoben werden. Wenn es so wäre, wäre Herr Winter von „Winter-Industries" schon lange unser Regierungschef. Ich finde aber, lieber Herr van Heesen, dass das einfache Volk doch schon

darauf achtet, dass nicht ein totaler Vollidiot die Regierungsspitze hält."

Merlin setzte sich aufrecht hin um noch etwas von seinem Senf dazu zu geben:

„Ich spreche hier ja auch nicht alleine von der Regierung. Ich spreche hier auch von den Konzernchefs. Im Vergleich zu denen sind unsere Politiker nur Hampelmänner. Wir sind ihnen absolut unterlegen. Wir sind Arbeitslose, dann folgen die Beschäftigten in unserer Gesellschaft und ganz oben die überreichen Konzernchefs. Eine Ständeordnung. Geordnet nach dem Kontostand der Menschen. Die Regierung sieht bloß niederträchtig zu uns herab. Von den Konzernen bekommen sie Steuern, aber an uns muss die Regierung bloß Subventionen zahlen damit ihnen keiner unterstellen kann, dass sie Unmenschen sind. Jedoch sind sie genau das... diese niedrigen Subventionen reichen doch gerade einmal zum überleben. -Lächerlich ist das!"

Keiner der beiden wollte sich jetzt noch dazu äußern.

Wiesnewski fühlte sich durch die kleine Diskussion aber sehr inspiriert und ihm war klar, dass vielleicht auch er etwas ändern könnte.

Doch dazu würde er Hilfe benötigen. Viele kräftige Hände, die ihn unterstützen.

Aber vielleicht auch noch etwas anderes...

Tag 4

Wiesnewski waren die inspirierenden Worte des alten van Heesen einfach nicht mehr aus dem Kopf gegangen. Er hielt es einfach für richtig, irgendwas zu verändern.

Das Leben und dieses gemeine System hatten unfair mit ihm gespielt und ihm alles genommen.

Heute noch an der Spitze und morgen schon in der Gosse.

So etwas durfte nie wieder jemandem passieren. Oder jemand sollte einfach den Reichen ihr Zeug wegnehmen und es gerecht an die Leute geben, die es nötiger haben. Aus Gier und Geld mischt sich der Teufel. Dieser Meinung war Wiesnewski und plante weiter.

Plötzlich klopfte es an die Tür. Es war Gabriel und brachte Wiesnewski die frisch eingetroffene Post. Darunter auch ein Umschlag von „Winter-Industries".

„Was wollen die Schweine denn noch von mir?", murmelte Wiesnewski und öffnete langsam den Umschlag.

Er staunte nicht schlecht, als er darin einen Scheck mit einer gigantischen Geldsumme fand. Dazu ein kleiner Zettel mit entschuldigenden Worten und natürlich der Bitte, etwas von dem Geld an jeden der arbeitslos gewordenen Arbeiter zu schicken.

Wiesnewski hatte jedoch schon eine bessere Idee.

In einem anderen Teil der Stadt beendete Peter Winter gerade sein Frühstück im Hotel „Schlossallee", was er noch immer stolz sein Eigen nannte.

Die Schlossallee war ein wunderschöner und nobler Ort.

Die Straßen waren gepflegt und sauber, an den Gehsteigen blühten gesunde Bäume und bunte Blumen und im Mittelpunkt stand das imposante Gebäude des Schlossallee-Hotels.

Rechteckig, aber wunderschön, stand es mit seinen 5 Etagen gut gesichert hinter einem hohen Metallzaun, welcher mit goldenen Spitzen verziert war.

Im Vorgarten plätscherte beruhigend ein kleiner Springbrunnen zwischen gut gepflegten Blumenbeeten.

Die Schlossallee war wahrlich prunkvoll ausgestattet, sodass jeder Geschäftsmann, der ungeahnt hier ein Geschäft abwickeln musste, im schlimmsten Fall so hohe Kosten zu erwarten hatte, dass er auf der Straße landete.

Hermann Wiesnewski konnte davon ja auch ein Lied singen.

Nach seinem Frühstück lies sich Peter Winter entweder von seinem Chauffeur zu seinem Hauptbüro im Wirtschaftsviertel fahren, oder er besuchte zur Motivation seine Angestellten in den Fabrikaußenstellen.

Heute entschied er sich für einen Besuch.

Während er in seinem teuren Auto in Richtung Industriegebiet gefahren wurde, fiel ihm direkt wieder ein, dass heute sein an Wiesnewski ausgestellter Scheck ankommen müsste.

„Hoffentlich hält er den Scheck nicht für einen Bankirrtum. Ach was... er wird das Geld schon sinnvoll anlegen.", lächelte Herr Winter und brauste weiter den hohen Schornsteinen der Fabriken entgegen.

Kapitel 4
Ereigniskarte:
Ein Gespenst geht um auf dem Spielbrett... es ist der Kommunismus

Tag 5

Abend ist es geworden über der Turmstraße und zufrieden klatsche Wiesnewski den riesigen Scheck auf den Tresen von Gabriels Bar.

„Wow, das ist wirklich ein riesiger Haufen Geld!", staunte Merlin, „Damit kann man einiges anfangen... warum sagtest du doch gleich, wurde er dir ausgestellt?"

„Tja... die Regierung meinte, dass mir der große Herr Winter gefälligst etwas zu zahlen hat, wenn er mich schon so gemein aus dem Leben kickt.", log Wiesnewski und hob den Scheck noch einmal triumphierend hoch.

„Na dann hat die Gerechtigkeit doch einmal gesiegt, oder was meinst du?", sagte Thomas, der ebenfalls auf den Scheck starrte.

Wiesnewski grinste und meinte dann hämisch: „Ja, doch dies ist erst der Anfang. Ich habe schon viel Besseres mit diesem Geld geplant. Mit Hilfe dieses Geldes werden wir hier etwas ändern!"

Tag 6

Walter Lens stand zufrieden lächelnd vor dem größten Theater der Theaterstraße und sah zu, wie die Programmtafeln vor dem Eingang gewechselt wurden.
Als neuer Besitzer bestand er natürlich auch darauf, zu entscheiden, was für Aufführungen gezeigt werden.
Am besten gefielen ihm Stücke, die voller schwarzem Humor waren. Oder Stücke, in denen attraktive Frauen mitspielten. Gute Schauspieler waren in solch schweren Zeiten aber wirklich rar.
„Ist denn so alles zu Ihrer Zufriedenheit Herr Lens?", sprach der Arbeiter, welcher gerade die Programmtafeln montiert hatte.
Walter Lens blickte den Arbeiter an und sprach:
„Ja! Alles sehr ausgezeichnet. Wissen Sie was? Ich lade Sie zur Premiere des ersten Stückes ein!"

Der Arbeiter wurde verlegen bei dieser Ehre und begann zu stammeln:
„Nun, wissen sie... gerade an dem Abend der Premiere habe ich eigentlich keine Zeit aber..."
„Haha! Ich hätte Sie Trottel eh nicht eingeladen!", unterbrach ihn Walter fies lachend und schlug ihm einmal kräftig auf den Oberarm.
Der Arbeiter wusste nicht wie ihm geschah. Schließlich lief er zum Firmenwagen seines kleinen Handwerkerbetriebs und ließ sich von seinem Kollegen wegfahren.
„Diese Vollidioten! Ohne meine Aufträge wäre deren Firma auch schon lange pleite. Da können die doch nicht ernsthaft erwarten, dass ich die auch noch zu irgendwas einlade!", schimpfte Walter grimmig und warf noch einen Blick auf das imposante Theatergebäude vor ihm.
„Damit werde ich noch viel Geld machen...", dachte er zufrieden und selbstsicher.

Ein paar Straßen weiter verließ gerade Gordon Kelly den Zug am Nordbahnhof um zu seiner Arbeitsstelle als Beleuchtungstechniker am Opernplatz zu gelangen.

Der Opernplatz war ein großer runder mit Kopfsteinpflaster bedeckter Platz, der ringsum mit Straßenlaternen besetzt war. Frontal davor stand die große Oper der Stadt, welche dank des Nordbahnhofs gut zu erreichen war.

Obwohl Gordon sein Heim in der Badstraße hatte, welche einen ähnlich schlechten Ruf wie die Turmstraße hatte, war er dennoch glücklich, einen einigermaßen gut bezahlten Job zu haben.

Als Gordon gerade den seitlichen Personaleingang der Oper öffnete um innen bereits die Beleuchtung für die Abendvorstellung einzustellen, wurde er schon von dem Leiter der Oper empfangen.

„Oh, hallo Gordon! Schön Sie zu sehen.", sprach dieser und sortierte ein paar der aufgehängten Kostüme im Personalraum um.

„Hey Chef!", sprach Gordon etwas überrascht, „heute Abend ist doch wieder diese Oper dran, wo wir immer diesen großen Kochkessel auf die Bühne schieben müssen, richtig? Da müsste ich dann wieder die roten Scheinwerfer umstellen. Also ich hab dann heute wieder reichlich zu tun."

Der Opernchef seufzte und sprach dann:

„Aber weißt du, wer heute leider nicht sehr viel zu tun hat? Die Damen an der Kasse. Durch die ständig steigende Zahl der Arbeitslosen kann sich niemand mehr einen Abend in der Oper leisten. Ich habe einige unserer Opernstücke auch schon gekürzt, um ein bisschen Kosten bei den Requisiten zu sparen. Ich habe ja letzte Woche auch schon unsere Garderobendamen entlassen müssen... doch letztendlich wird das auch nicht reichen um über die Runden zu kommen. -Daher, so Leid es mir tut, Gordon, muss ich dich wohl auch demnächst entlassen. Selbstverständlich bekommst du deinen Lohn für diesen Monat noch ausgezahlt, aber dann muss ich wirklich neue Sparmaßnahmen einleiten."

Tag 7

In der Turmstraße war seit neuerdings fast ein wenig Aufbruchsstimmung zu spüren.
Viele der dortigen Arbeitslosen hatten erfahren, dass Hermann Wiesnewski an eine große Summe Geld gelangt war und dass er diese nicht für weitere windige Wirtschaftsgeschäfte, sondern für die anderen Leute ausgeben wolle.

So war abends die Bar von Gabriel immer öfter recht gut gefüllt, da jeder den Plänen von Wiesnewski lauschen wollte. Er plante so etwas wie eine große Protestbewegung gegen das herrschende System, was sie alle pleite und arbeitslos gemacht hatte.

Thomas Herbst bekam davon jedoch weniger mit. Er selbst wohnte schließlich in der Seestraße und war nach den immer anstrengender werdenden Tagen an der Börse oft einfach zu müde, um noch zu Gabriels Bar zu gehen.
Alle Turmstraßenbewohner standen aber voll und ganz hinter Wiesnewski.

Diesen Abend war Wiesnewski wieder einmal sehr redselig und begann aufbrausend zu erzählen: „Genossen! Vergesst nicht, warum ihr hier seid! All diese Konzernschweine haben durch ihre Raffgier dafür gesorgt, dass wir auch noch unser letztes Geld an sie abgeben mussten... ich gebe zu, dass ich selber einst der Chef eines großen Konzerns war... doch die Pleite hat mir die Augen geöffnet wie Unfair das hier doch alles ist! Ich verspreche euch, dass wir gemeinsam dafür Sorgen können, dass das Geld wieder gerecht unter uns allen aufgeteilt wird! Schließt euch mir an und ein gewaltiger Gier tötender Sturm wird durch uns über diese Stadt herein brechen!"

Alle Leute in der Bar waren aus dem Häuschen und jubelten Wiesnewski mit erhobenen Gläsern zu. „Mit dir werden neue Zeiten einbrechen, Wiesnewski!", jubelte einer und sprang vor Freude auf einen Tisch.

Gabriel Weiß freute sich über die Freude und Hoffnung der Leute, obwohl er der Meinung war, dass man auch ein wenig zurückhaltender hätte feiern können.

Diesen Abend wurde noch bis tief in die Nacht gefeiert. Denn schon bald würde Wiesnewski anfangen, einige seiner Pläne in die Tat umzusetzen.

Tag 9

Als Peter Winter diesen Morgen an seinem Geschäftsgebäude im Wirtschaftszentrum ankam, befand sich ein Zettel an der Eingangstür mit der Aufschrift:

„Das Auge der Gerechtigkeit hat dich im

Visier..."

Herr Winter war etwas irritiert, ließ sich von so einem irrelevanten Vorfall jedoch nicht aus der Ruhe bringen, denn neue Geschäfte standen an. Telefonisch hielt er Kontakt zu einem seiner Mitarbeiter im Börsenzentrum.

Er hatte einmal wieder genug zusammen gespart, um sich eine Verbesserung für die in seinem Besitz befindliche Parkstraße leisten zu können.

„Versuch so viel in die Parkstraße zu investieren wie es nur geht. Wir müssen den Wert ganz dringend steigern.", sprach Herr Winter aufgeregt in sein Handy, während er in seinem Büro auf und ab lief.

„Klar Chef! Ich werde sehen, was sich machen lässt.", antwortete der Angestellte und legte auf.

Herr Winter war beruhigt. Er hatte vollstes Vertrauen in seine Mitarbeiter und konnte sich daher wieder entspannt zurück lehnen und den Tag auf sich zukommen lassen.

Henry und Jurie Schmitz hatten derweil Interesse am Opernplatz bekommen, da sie von der finanziellen Lage gehört hatten. Sollte

sich der Markt nämlich stabilisieren und sie den Opernplatz aufkaufen bevor die Preise wieder steigen, könnte dies sehr rentabel für sie werden.
Die beiden saßen zusammen im Lounge Bereich des Börsenzentrums und diskutierten ihren Plan aus.
„Der Opernchef musste wieder einen Mitarbeiter entlassen. Das hat den Wert noch einmal vermindert. Ich wette, der Kerl ist froh, wenn wir seinen Laden übernehmen. Wenn der Wert wieder steigt, haben wir ein gutes Geschäft gemacht.", erklärte Henry und nickte seinem Bruder zufrieden zu.
„Das ist ein sehr guter Plan, Bruder!", sprach Jurie, „Richtig rentabel wäre es aber geworden, wenn wir die Theaterstraße neulich auch schon bekommen hätten. Dann hätten wir jetzt das absolute Unterhaltungsmonopol und noch mehr Einnahmen."
Unglücklicherweise wurden die beiden von einem alten Bekannten belauscht. Walter Lens.
Er selbst hatte noch gar nicht an die Übernahme der Oper gedacht. Da er ja selbst bereits die Theaterstraße besitzt, hätte er somit das Unterhaltungsmonopol erreicht.

Geschwind ergriff er sein Handy:
"Hey Karlos! Walter hier! Gehe ich richtig in der Annahme, dass der Wert des Opernplatzes gesunken ist? Ja? -Dann mach' dem lieben Opernleiter doch mal ein schönes Angebot von mir. Er wird es sicher nicht abschlagen können. Ich weiß zwar selber, dass der Verkauf des Opernplatzes noch nicht stattfinden darf, aber für mich machst du doch sicher wieder eine Ausnahme. -Oder Karlos?"

Tag 10

Die immer größer werdende Zuwanderung auf die Bad- und Turmstraße ließ auch die Anhängerschaft von Wiesnewski wachsen.
Über Gabriels Bar ließ Wiesnewski nun schon ein kleines weißes Banner mit der Aufschrift:
"Hauptquartier der ‚Augen der Gerechtigkeit'" anbringen. Womit er allen zeigen wollte, dass genau hier die Widerstandsbewegung wächst und jeder, der sich anschließen will, sich hier melden solle.
Immer wenn Wiesnewski nun seine großen Konzernanprangerungen kundtun wollte, kam es oft dazu, dass so viele Zuhörer erschienen,

dass sogar schon welche draußen stehen mussten.

Wiesnewski war zufrieden. Er hatte schon alle Vorkehrungen für die Umsetzung seines ersten großen Planes getroffen und würde ihn demnächst in die Tat umsetzen. Von diesem ersten großen Plan wussten aber nur eine Handvoll Leute. Es wäre zu riskant gewesen noch mehr Leute einzuweihen. Jetzt hieß es fürs erste nur noch den großen Tag abzuwarten.

Tag 12

Die Neonanzeigen im Börsenzentrum zeigten an, dass sich sämtliche Straßenpreise in einem stabilen Bereich befanden. Alle Straßen, Bahnhöfe und Kraftwerke befanden sich in fester Hand.

In den letzten Tagen waren erneut viele Firmen bankrottgegangen, weswegen es jetzt nur noch eine Frage der Zeit war, bis sich die großen Firmen gegenseitig auffressen mussten. Die Gebrüder Schmitz reichten eine Beschwerde beim Börsenzentrum ein, da erneut ein Grundstück vor dem eigentlichen

Verkaufsstart den Besitzer gewechselt hatte. Dies dann auch noch an denselben, bei dem es beim letzten Mal schon vorgefallen war.

Die Brüder wurden aber mit einer formellen und nichts aussagenden Rückantwort abgespeist.

So steigerte sich der Hass der Brüder auf „Lens & Co.".

Dennoch blieb die Macht und das Kapital der „Schmitz OHG" stabil, weswegen sie eigentlich nichts zu beklagen hatten.

Genauso hielten auch „Lens & Co." und „Winter-Industries" weiter ihre Spitzenpositionen als Wirtschaftsmächte.

Lediglich zwischen den kleineren Firmen gab es immer noch wieder Scharmützel, wegen des Marktmachtanteils. Doch auch hier war klar, dass sie wahrscheinlich nie mehr die Machtspitze erreichen werden und ebenfalls zu einem Bankrott verdammt waren.

Thomas Herbst gehörte genau in dieses Spektrum. Er tat alles um über Wasser zu bleiben und um nicht auch in die Turmstraße abzurutschen.

Die anhaltende Marktstabilisierung sorgte

jedoch dafür, dass er genau dies schaffte.
Auch all den anderen kleinen Firmen brachte dies eine kurze Galgenfrist.

Unabhängig von alledem wuchs im Turmstraßenviertel weiter eine rebellische Macht.

Kapitel 5
„Schauspiel" der Gerechtigkeit (?)

Tag 15

Es war ein schöner Abend in der Theaterstraße. Die dichte Wolkendecke war an ein paar Stellen aufgerissen und die Sterne funkelten hindurch.

Das große Haupttheater war hell beleuchtet, denn heute war die Premiere des ersten Stückes, seit der Übernahme von „Lens & Co.". Walter Lens selbst stand zufrieden und mit einem schwarzen Smoking bekleidet am Haupteingang und nickte allen Gästen, die eintraten, begrüßend zu. Ausnahmslos reiche Menschen.

Dieser Abend würde sich für ihn sehr rentieren. Wenn er das Gleiche eine Woche später auch bei der Neueröffnung der Oper hinbekäme, würde er wahrlich gigantische Umsätze machen.

Aber auch schon diesen Abend fühlte er gerade zu, wie sich seine Taschen füllten, als die ganzen reichen und schick gekleideten

Menschen in sein Theater traten.

Ein etwas älterer Herr lief auch direkt auf ihn zu und meinte mit freudiger Stimme:

„Ich bin ja so froh, dass das Theater wieder geöffnet hat. Seit den vielen Arbeitslosen gibt es ja keinen Ort mehr, wo so Menschen wie wir ausgehen können!"

Walter nickte nur selbstsicher.

Als alle Herrschaften eingetreten waren und auf den unzähligen Sitzen im Theatersaal Platz genommen hatten, wurden die Türen langsam geschlossen.

Der Saal wurde abgedunkelt und das eben noch herrschende Getuschel der Zuschauer verstummte.

Der große rote Vorhang der Bühne wurde langsam geöffnet und der erste Akt des Stücks konnte beginnen.

Walter wählte selbstverständlich ein humorvolles Stück mit einigen schlüpfrigen Stellen. Ob es auch den übrigen Gästen gefiel, war ihm momentan egal. Bei der Premiere wollte er sich schließlich auch ein wenig amüsieren.

Es war ein Stück über die Liebe zwischen einem Postboten und einer Prostituierten. Das

alles jedoch bestückt mit Tanz- und Musikeinlagen um auch das etwas niveauvollere Publikum milde zu stimmen.
Walter saß in der vordersten Reihe und amüsierte sich köstlich.
Hier konnte er nicht nur Unmengen von Geld verdienen, sondern sich auch noch selber vergnügen.

Während Walter noch darüber nachdachte, ob die Schauspielerin ihre Rolle für ihn wohl noch nach der Vorstellung ein wenig weiter spielen könne, hielt draußen ein großer alter Geldtransporter. Der Name der Firma, welcher der Transporter einst gehörte, wurde entfernt und dafür das Bild eines aggressiv schauenden Auges angebracht.
Aus dem Theater schallte gerade Musik einer der Gesangseinlagen, als aus dem Transporter vier Männer ausstiegen.
Mit schnellem und aggressivem Gang gingen sie auf den Eingang des Theaters zu, liefen mit festen Schritten durch das Foyer und standen schließlich vor dem Eingang des Theatersaals.
Drinnen schauten alle gebannt auf die Bühne, als plötzlich von hinten ein großer Knall

ertönte, die Tür zum Saal aufgetreten wurde und vier Silhouetten hinein traten.

Durch das Licht, was vom Foyer in den Saal strahlte, erkannte man vier maskierte Männer, die jeweils ein Maschinengewehr im Anschlag hatten.

Für jeden, der sich jetzt noch nicht umgedreht hatte, setzte der vorderste der Männer sein Gewehr an und feuerte eine Salve auf die Decke des Raumes.

Schreie hallten durch den Saal und alle drehten sich geschockt zum Eingang um.

Auch Walter Lens und die Schauspieler starrten mit offenem Mund auf die vier Männer, die gerade die Treppen zwischen den Sitzen hinunterliefen.

Während einer der Männer die Treppe hinunter gelaufen war und auf die Bühne kletterte, verteilten sich die anderen zwischen den Sitzreihen und bedrohten jeden der weglaufen wollte.

Der Mann auf der Bühne stellte sich mittig in den Scheinwerfer und hielt noch einmal deutlich seine Waffe hoch.

Seine Augen, die durch die Maskierung schauten, musterten die Zuschauer.

Einige Frauen waren den Tränen nahe, während viele Männer lediglich empört drein schauten. Selbst Walter Lens war mit der Situation überfordert und wusste nicht, wie er reagieren sollte.
Nach einem kurzen Moment fing der maskierte Mann dann mit erhobener Stimme an zu erzählen:
„Guten Abend, die werten Herrschaften! Ich hoffe Sie verzeihen mir mein unhöfliches Auftreten aber auf andere Weise wird einem hier ja keine Beachtung mehr geschenkt!"
Der Mann begann ein paar Schritte auf der Bühne zu gehen und fuhr dann fort:
„Meine Genossen und ich statten Ihnen heute diesen Besuch ab, da wir uns einig sind, dass etwas in dieser Gesellschaft nicht stimmt! - Sagen Sie mir doch bitte, woher sie das Geld für diesen Abend bekommen haben? Sie werden es vielleicht nicht glauben, aber ich gehe jede Wette ein, dass Sie es von uns bekommen haben. Darum würden wir Sie jetzt darum bitten uns vielleicht etwas davon zurück zu geben."
Empörtes Getuschel begann durch den Saal zu tönen, bis plötzlich einer der maskierten

Männer zwischen den Sitzreihen rief:

„Ruhe hier! Ihr gebt jetzt alle euer Geld an uns ab und keinem wird etwas geschehen!"

Der Mann drehte sich zu einem dicken alten Herrn und forderte mit klarem Tonfall:

„Na los, Geld her!"

Der Herr stand allerdings auf und zischte mit grobem Tonfall zurück:

„Nun hören Sie mir mal zu, junger Mann! Ich musste einige Monate sparen um mir und meiner Frau diesen kleinen Luxus hier zu gönnen. Ich habe für mein Geld gearbeitet und nun kommen Sie!"

Der maskierte Mann fühlte sich provoziert und rammte dem Herrn seinen Gewehrkolben in den Bauch, sodass er wieder zurück in seinen Sitz fiel.

„Nun seht ihr, wie ernst wir das meinen!", rief der Mann von der Bühne.

Einer der anderen Männer entsicherte auffällig seine Waffe und fügte hinzu:

„Also! Wir hoffen, dass es jetzt keine Zwischenfälle mehr gibt! Das Geld wird auch gut angelegt, das versprechen wir Ihnen!"

Walter Lens wusste, dass er handeln musste. Wenn hier einer die Herrschaften ausnehmen wollte, dann er. Jedoch nicht auf so eine aggressive Art, die ja nur schlecht fürs Geschäft wäre.

Walter hatte aber Glück. Denn während im Saal die maskierten Männer den Leuten das Geld abnahmen, hatte einer der Theaterangestellten im Foyer bereits die Polizei alarmiert.

In der Stadt gab es zwar ein Gefängnis, aber nur eine überschaubare Menge an Polizisten.

Denn niemand, und vor allem nicht die Regierung, hatte je mit einem solchen Übergriff gerechnet.

Die alarmierten Polizisten eilten mit allen verfügbaren Einsatzwagen zum Theater und versuchten es so gut es ging zu umstellen. Die Männer im Inneren bekamen davon immer noch nichts mit, stattdessen ließen sie sich weiter ihre Beutel mit den Wertsachen der Leute füllen.

Schließlich gab der Polizeichef den Befehl, das Theater zu stürmen, und fünf in blaue Uniformen gekleidete Polizisten liefen hinein.

Einer spähte durch die Tür des Foyers in den Theatersaal um die Lage zu überprüfen und erkannte sofort wie übel es aussah.

Der Polizeichef forderte dennoch einen schnellen Zugriff, sodass den Polizisten nichts anderes übrig blieb, als auch den Saal zu stürmen.

„Waffen fallen lassen! Gehen Sie in das Gefängnis! Begeben sie sich direkt dorthin! Ihre LOS-Subventionen werden ihnen bis dahin gestrichen!", rief einer der Polizisten mit erhobener Waffe den Männer entgegen.

Alle der maskierten Männer drehten sich sofort zur Tür und richteten auch ihre Waffen in diese Richtung. Alle waren sichtlich überrascht.

„Es hat keinen Sinn!", rief einer der Polizisten wieder, „Wir haben das Theater umstellt! Sie kommen hier nicht ohne weiteres raus!"

Doch auch die Polizisten waren sichtlich angespannt, denn auch sie verkrampften sich schwitzend an den Abzügen ihrer Pistolen. Was nicht verwunderlich ist, wenn vier Maschinengewehrläufe auf einen gerichtet sind.

Einer der maskierten Männer verlor allerdings als erster die Nerven und rief hysterisch:

„Scheiße, Scheiße, Scheiße!!!"

Dabei fing er an wild mit seiner Waffe herumzufuchteln, bis sich plötzlich donnernd mehrere Schüsse lösten und direkt in der Wand neben einem Polizisten einschlugen.

Ein wahnsinniges Geschrei brach im Saal los und alle warfen sich vor Panik auf den Boden.

So auch die Polizisten, wobei einer reflexartig das Feuer erwiderte, aber nur einen der Theatersitze traf, welcher an einer Ecke zerfetzte.

„Na los! Raus hier!", rief der Mann auf der Bühne und verschwand hinter den Kulissen in den Garderoben.

Die anderen Männer liefen ihm instinktiv hinterher.

Die Polizisten nahmen die Verfolgung auf und versuchten sie mit weiteren Schüssen zu stoppen. Dabei zersplitterten aber bloß einige Teile des Bühnenbildes.

Gerade hatten die Männer den Hinterausgang erreicht, da knallte ein weiterer Schuss durch die Garderobenräume und erwischte den maskierten Mann, der eben noch auf der Bühne stand, am Oberschenkel, sodass dieser zu Boden fiel.

Die anderen drei ergriffen die Flucht.

Die Polizisten umstellten den niedergeschossenen Mann und nahmen ihm seine Maskierung ab.
Es war Hermann Wiesnewski.

Tag 18

Seit drei Tagen wurde von kaum etwas anderem berichtet als von dem Überfall auf die Theaterstraße und dass dabei Hermann Wiesnewski verhaftet wurde.
Die restlichen Männer waren Anhänger von Wiesnewski, darunter auch Merlin van Heesen, der mit dem größten Teil der Beute fliehen konnte.
Die Turmstraßenbewohner standen nur noch mehr hinter Wiesnewski, da nun jeder wusste, dass das Geld genau für sie bestimmt war.
Sie verehrten ihn dafür als einen modernen Robin Hood.
Lediglich Gabriel Weiß war etwas enttäuscht von Wiesnewski, sodass er es nicht zuließ, dass die Beute in seiner Bar verteilt wurde.
Deshalb machte sich Merlin an die Arbeit, jedem Anhänger der „Augen der Gerechtigkeit" einen kleinen Geldbetrag von

der Beute zukommen zu lassen. Zusammen mit einer Botschaft, dass dies bloß der Anfang war.

Kapitel 6
Reine Notwehr

Tag: 20

Der Wert der Theaterstraße war durch die Geschehnisse selbstverständlich stark gesunken und Walter Lens machte große Verluste. Zudem musste er die Wiedereröffnung des Opernplatzes absagen.

Hermann Wiesnewski saß hinter Schloss und Riegel. Dies hinderte die Organisation der „Augen der Gerechtigkeit" aber nicht daran, weiter aktiv zu sein. Täglich versammelten sich seine Anhänger vor dem Gefängnis und verlangten die Freilassung ihres „Robin Hoods".

Merlin van Heesen saß mit weiteren Rebellionsanhängern in Gabriels Bar und plante die nächsten Schritte.
„Es lief noch besser als gedacht!", rief Merlin und rieb sich die Hände, „viele unserer armen Genossen konnten so wieder an Geld kommen

und dem großen Walter Lens haben wir außerdem eins ausgewischt. Die Verluste, die er jetzt macht, kommen sicher wieder den kleinen Firmen zugute."

Die anderen Anhänger nickten zustimmend.

Gabriel jedoch schüttelte den Kopf. Er empfand das alles als nicht richtig. Er hielt es aber für unklug sich jetzt noch dort einzumischen. Dafür war es wohl schon zu spät.

Merlin dachte kurz nach und fing sofort weiter an zu planen:

„Wir können Hermann am besten beistehen, wenn wir so weiter machen wie zuvor. Wir werden hier weiter für Gerechtigkeit sorgen und darauf achten, dass hier alles ein bisschen fairer zugeht. Walter Lens haben wir schon ordentlich unsere Meinung gegeigt. Als nächstes wäre dann wohl unser lieber Herr Winter dran. Peter Winter war es ja erst, der Hermann auf die Straße brachte und ohne irgendwelche Scham nimmt er jetzt noch weitere Firmen aus. Ich wette über die Hälfte unserer Anhänger haben ihre jetzige Lage sicher auch nur Peter Winter zu verdanken. Beste Voraussetzungen für einen kleinen

Rachefeldzug, wenn ihr mich fragt!"
Gabriel konnte bei so einem Gerede einfach nicht weiter zuhören und unterbrach die Planung:
„Versprecht mir aber, dass ihr nicht wieder so etwas wie bei der Theaterstraße abzieht! Denn wenn ich weiß, dass sich hier gewalttätige Leute bei mir in der Bar aufhalten, könnt ihr auf meine Unterstützung nicht mehr zählen."
Merlin wurde grimmig, begann aber nachzudenken. Bis er schließlich zu einem Ergebnis kam:
„Selbstverständlich werden wir so etwas nicht wiederholen. Wir werden etwas machen, was uns Aufmerksamkeit bringt und die Regierung zum Nachdenken anregen wird. Es würde uns aber schon reichen, wenn Peter Winter seine Pläne noch einmal überdenkt."
Gabriel runzelte die Stirn. Er wusste nicht wie er auf dieses unterschwellige Getue reagieren sollte. Dann sagte er aber:
„Zieht meinen Freund Thomas Herbst aber nicht zu sehr in die Sache hinein. Er arbeitet wirklich hart und tut viel um seinen Lebensunterhalt hier zu bekommen. Er macht das auch sehr gut, darum bitte ich euch, ihn

nicht zu sehr zu beeinflussen, falls er heute Abend wieder kommt."
Merlin und seine Anhänger schauten verwirrt drein, bis Merlin dann doch wieder das Wort ergriff:
„Thomas Herbst sagst du? -Den kenne ich! Und wie ist es doch schon chronologisch? Nach Herbst kommt Winter. Heute ist er noch ein normaler Arbeiter und morgen vielleicht schon einer von diesen Ultrabossen, der uns das Geld aus der Tasche zieht. Er soll sich gefälligst entscheiden auf wessen Seite er stehen will. Auf der Seite der Gier oder der Fairness!"

Tag 21

Walter Lens stand Fingernägel kauend im Börsenzentrum und schaute sich die neuen Wirtschaftswerte an. Wie von ihm erwartet glichen sich die Minuswerte durch die Theaterstraße und dem Opernplatz nicht mit den restlichen Einnahmen seiner Straßen aus, sodass er Verluste machte. Die „Schmitz OHG" stand bereits kurz davor, ihn von seinem zweiten Platz in der Rangliste abzulösen.

Er dachte darüber nach, einen alten Trick von früher noch einmal anzuwenden.

Bei diesem ließ man sich durch eine kleine Hinterhältigkeit mehr als eigentlich erlaubt auszahlen, wenn man seine „LOS-Subventionen" überwiesen bekommt.

Da ein großes Risiko bestand dabei erwischt zu werden, hatte er dies in der letzten Zeit aber unterlassen. Dennoch erforderten besondere Situationen besondere Maßnahmen.

Zu alledem versuchte Walter auch noch heraus zu bekommen, wer ihm wohl diese „Theaterräuber" auf den Hals gehetzt hatte.

Als er erfuhr, dass es der arbeitslose Hermann Wiesnewski war, der sein Theater ausraubte, hielt er es für möglich, dass dieser eventuell von einem anderen Geschäftsmann angeheuert wurde, nur um ihm zu schaden.

Doch wer sollte dahinter stecken?

Die Schmitz Brüder?

Peter Winter?

Walter hielt beides für unlogisch und blieb mit seiner Wut ahnungslos zurück.

Die Schmitz Brüder selber waren aber

zufrieden. Dieses Mal schauten sie positiv darauf, dass ihnen die Theaterstraße nicht überschrieben worden war. Sonst hätte ihnen noch dieses Schicksal geblüht. Ihre Geschäfte liefen zu diesem Zeitpunkt weiterhin stabil.

Peter Winter war diesen Tag einmal wieder in einer seiner Fabriken unterwegs.
Er hielt es für sehr motivierend für seine Mitarbeiter, wenn er sich höchstpersönlich auch einmal dort blicken ließ.
Vor allem liebte er es auch live zu sehen, wie gut sein Geschäft lief.
Die Fließbänder liefen, die Schornsteine rauchten und die Zahnräder drehten sich im geregelten Takt. Für Peter Winter war dies die Symphonie seines Wohlstands.
Jeder, der die Ehre hatte hier zu arbeiten, hatte seinen Lebensunterhalt abgesichert.
Winter zahlte gut und sorgte für passende Arbeitsbedingungen. Dass er trotz allem dem skrupellosen System dieser Wirtschaft gehorchen musste, ließ dennoch nicht darüber hinwegtäuschen, dass er ein wirklich guter Mensch war.
„Guten Morgen Herr Winter!", begrüßte ihn

ein Fabrikmitarbeiter, welcher freudestrahlend mit Schutzhelm und Blaumann bekleidet auf ihn zutrat.

„Hallo auch! Wissen Sie, ob die neuen Fabrikberichte schon fertig sind?", entgegnete Peter Winter lächelnd. Der Arbeiter lächelte freundlich zurück und antwortete:

„Selbstverständlich! Ich habe sie eben höchstpersönlich ins Fabrikbüro gebracht!"

Herr Winter war zufrieden.

„Ausgezeichnet! Dann mal weiter machen, Kumpel!", sprach er und ging weiter.

Peter liebte es in der Fabrik zu sein. Der lockere Umgang mit den Arbeitern, ließ ihn immer wieder frohlocken. Er fühlte sich hier fast wohler als in seinem Büro, wo alle immer nur so spießig waren.

Auf dem Weg zum Fabrikbüro lief Peter durch die großen Produktionshallen.

An den Fließbändern setzten die Arbeiter Produkte zusammen, in großen Kesseln wurde Metall geschmolzen um weitere Komponenten zu gießen und hinter Schutzscheiben bohrten und schweißten Arbeiter an noch größeren Produkten herum. Jedem, der ihm bei seinem Rundgang entgegen kam, bekam sofort einen netten Blick oder sogar ein paar motivierende Wort mit auf den Weg.

Gerade als Peter das Fabrikbüro betrat, klingelte auch schon sein Geschäftstelefon.

Die wenigen Büroangestellten, die in der Fabrik beschäftigt waren und ihren Chef eigentlich sofort begrüßen wollten, mussten also erst warten, bis dieser sein Telefongespräch beantwortet hat.

„Herr Winter! Ich habe gute Nachrichten für Sie!", sprach die Stimme am Telefon, „es gab eine neue Geldabwicklung an der Poststraße! Die dabei beteiligte Firma ging Pleite. Herzlichen Glückwunsch zu einer weiteren Übernahme, Boss!"

Tag 22

In der Bad- und Turmstraße hatte sich nun auch herumgesprochen, dass der nächste „Gerechtigkeitsfeldzug" gegen „Winter-Industries" gehen sollte.

Am Abend wo Merlin van Heesen den neuen Plan kundgeben wollte, waren daher sehr viele ehemalige Mitarbeiter von „Cover-Productions" anwesend.

Es lag diesen Abend wieder eine rebellische Stimmung in der Luft, als auch der letzte Platz von Gabriels Bar besetzt war und Merlin van Heesen auf den Tresen stieg um einen Überblick auf seine Anhänger zu bekommen.
„Genossen!", begann er zu reden, „unser guter Freund Hermann Wiesnewski sitzt hinter Gittern! Unter schwersten Bedingungen! -Ich wette, er ist für jeden dankbar, der täglich vor dem Gefängnis für ihn protestiert. Aber das wird auf Dauer nicht reichen! Wir müssen weiter handeln! Sagt mir... wer ist dafür verantwortlich, dass ihr hier seid? Hm?"
Die Anwesenden machten ein böses Gesicht und antworteten wütend im Chor:
„Peter Winter!!!"
Merlin ballte seine Faust und sprach weiter:
„Richtig! Und genau dort werden wir nun ansetzen! Als eine riesig große Masse der Gerechtigkeit werden wir bei Winter in der Schlossallee auflaufen und ihn zum umdenken zwingen, dieses gierige Schwein! Erzählt es allen! Erzählt allen, dass Peter Winter unser nächstes Ziel ist. Er wird nicht sicher sein, solange er sich nicht gerecht verhält!"
Die gesamte Bar war am grölen und toben. Die

Begeisterung stand jedem im Gesicht. Dazu erhoben alle die Fäuste und schworen, ihr Leben der Gerechtigkeit zu widmen.

Tag 24

Es war ein verregneter Tag. Im Wirtschaftszentrum liefen die Leute wieder mit ihren Hüten ins Gesicht gezogen durch die Straßen um sich vor dem Regen zu schützen.
Die wirtschaftliche Lage war nun wieder etwas angespannt.
Bald wäre es so weit, dass sich die großen Konzerne gegenseitig vernichten würden und das ganze hier womöglich ein Ende finden würde.

Jerome Dupont, ein Mitarbeiter von „Winter-Industries", war gerade auf dem Weg zur Arbeit, als er von zwei Männern auf der Straße festgehalten wurde.
„Hey! Du arbeitest doch für Peter Winter, oder?", sprach der eine zu ihm.
Als Jerome gerade antworten wollte, wurde er aber schon von dem anderen Mann unterbrochen:

„Du brauchst nicht zu antworten, wir wissen es! Richte deinem Chef aus, dass er gefälligst seine verfluchte Gier ablegen soll. Sonst passiert ihm, oder seinen Angestellten vielleicht noch was. Vielleicht ja sogar dir..."
Die Männer verschwanden und Jerome blieb geschockt und wortlos zurück.
Doch dies blieb nicht das einzige Ereignis an diesem Morgen.

Beate Amico befand sich ebenfalls auf dem Weg zu ihrem Job bei „Winter-Industries".
Anders als Jerome jedoch, hatte sie ihr eigenes schickes Auto und fuhr den Weg gemütlich zur Arbeit.
Als sie gerade um eine Kurve in der Parkstraße fuhr und in eine Allee einbog, bemerkte sie nicht, dass auch hier zwei Leute bereits auf sie lauerten.
Sie steuerte ihren Wagen nichts ahnend, unter dem grünen Blätterdach entlang, als plötzlich etwas direkt auf ihrer Windschutzscheibe zerplatzte und einen gigantischen roten Fleck hinterließ.
Beate erschrak und verriss das Steuer.
Nach einer kurzen Schleuderpartie prallte sie

vor einen Baum, sodass sich die Motorhaube quasi nach hinten aufrollte.
Beate war eingeklemmt und stand unter Schock. In ihrem verbogenen Rückspiegel konnte sie aber noch zwei Männer erkennen, welche aus einem Gebüsch an der Straße kamen und fort liefen.
Diese hatten ihren Wagen mit einer Farbbombe attackiert.

Peter Winter selbst erfuhr noch am selben Tag von diesen Vorfällen und war entsetzt.
Wer könnte seine Firma nur so sehr hassen, und ihm und seinen Mitarbeitern so etwas antun?
Vermutlich hätte er einfach nur mal nachdenken sollen...

Tag 25

Die am gestrigen Tag geschehenen Dinge passierten alle ohne die Einwilligung oder Planung von Merlin van Heesen. Seine Anhänger hatten aus eigenem Ermessen gehandelt und bekamen dafür von Merlin auch direkt eine Ermahnung.

Merlin zog es vor, geplanter und eindringlicher vorzugehen.

Es bringt ja nichts, nur einzelnen Leuten Angst einzujagen, wenn sich dadurch nichts wirklich ändert, sondern nur unnötig Unruhe und schlechtes Ansehen für die „Augen der Gerechtigkeit" erbracht wird.

Also zog er es vor, seine erste geplante Aktion schon heute zu starten, bevor noch mehr Wut von seinen Anhängern unkontrolliert ausgelassen wird.

In den frühen Abendstunden ließ Merlin seine Anhänger vor Gabriels Bar versammeln und begann noch einmal pompös zu erzählen:

„Heute Abend ist es so weit, Genossen! Gemeinsam ziehen wir zur Schlossallee und zeigen diesem gierigen Schwein was Gerechtigkeit ist!"

Es waren diesen Abend wirklich besonders viele Leute dort. Die gesamte Straße vor der Bar war voll mit Van Heesens und Wiesnewskis Anhängern, welche nach dieser Ansprache vor Begeisterung zu tosen anfingen. Merlin hob die Faust und stellte sich auf der Straße vor die Masse und zeigte den Befehl zum losmarschieren.

In langsamen aber wuterfüllten Schritten marschierte die Rebellenmasse voran.

Von den Straßen des Turmstraßenviertels liefen sie weiter, vorbei an den düsteren Schatten der Wirtschaftsviertelhochhäuser. Dabei grölten sie Parolen oder wollten mit Geschrei einfach nur ihre Wut zum Ausdruck bringen.

Als die Sonne komplett untergegangen war, zündeten die ersten Rebellen auch schon Fackeln an.

Autos, die dabei an der Straße standen und einigermaßen teuer aussahen, wurden aus Wut gegen die Reichen hemmungslos zerkratzt.

Der Fackelzug der Rebellen hatte bald schon das Reichenviertel erreicht und platzierte sich demonstrativ direkt vor dem Tor des Schlossallee-Hotels.

Die Gäste darin bemerkten Schnell den Trubel vor dem Eingangstor und gingen an die Fenster. Dort wurden sie allerdings nur von der pöbelnden Masse beschimpft.

Auch die Gäste, die sich im Erdgeschoss des Hotels im Restaurant befanden, ließen ihr teures Essen stehen um erst einmal ein Blick

aus dem Panoramafenster zu werfen.
Wütend stand sie da, die wilde Masse.
Den Gästen lief ein Schauer über den Rücken.
Einige Hotelangestellte waren bereits hinausgelaufen, wurden aber auch nur aufs härteste beschimpft, sodass ein neutrales Gespräch nicht zustande kommen konnte. Stattdessen prüften die Angestellten noch einmal den Zaun, zogen sich dann aber auch schnell wieder zurück, als die Rebellen anfingen Gegenstände zu werfen.
Einige versuchten auch über den Zaun zu klettern. Die scharfen goldenen Spitzen auf dem edlen Zaun ließen sie aber immer wieder zurückweichen.
„Wir wollen Peter, dieses gierige Schwein!", rief die Masse im Chor.
Peter Winter war diesen Abend tatsächlich auch wieder dort, hatte sich aber an noch keinem Fenster blicken lassen, sondern ließ sich von einem seiner Angestellten die Lage erklären.
Die Meute draußen wurde immer unruhiger und verlangte immer lautstarker nach Peter Winter. Auch die Zahl der geworfenen Gegenstände nahm zu. Einige geworfene

Steine schlugen schon in der Fassade des Hauses ein. Alle Gäste, die eben noch an den Fenstern standen, waren in Deckung gegangen und löschten die Lichter in ihren Zimmern.

Peter Winter stand währenddessen kurz vor einem Dilemma. Die Polizei war bereits alarmiert, doch was sollte diese schon gegen eine so große Masse ausrichten können?
Oder sollte er heimlich das Hotel verlassen und flüchten?
Bei dieser Alternative hielt er die Gefahr aber für zu hoch, doch noch von der Meute erwischt zu werden.

Die ersten Fackeln flogen über den Zaun und setzten vereinzelt einige der Blumenbeete in Brand.
Während die Gäste im Inneren des Hotels in Panik gerieten, wickelten die Rebellen eine große Kugel aus Stofffetzen zusammen und zündeten auch diese an.
Einer der Rebellen kletterte damit so weit es ging auf den Zaun. Mit ihm ein zweiter, welcher einen riesigen Stein mit sich hatte.
Der zweite nahm den Stein und holte weit aus.

Er ließ los und der Stein flog durch den Vorgarten des Hotels, schlug im großen Panoramafenster des Restaurants ein und zertrümmerte dieses. Die Masse jubelte. Der Andere warf die Brandkugel hinterher und steckte damit die Vorhänge im Restaurant in Brand.
Im Hotel brach noch größere Panik aus.
Aus Angst ebenfalls von einem Wurfgeschoss getroffen zu werden, traute sich niemand der Angestellten zum Fenster zu gehen und den Brand zu löschen.
Dass Peter Winter nicht auftauchte, brachte Merlins Plan durcheinander und er verlor die Kontrolle über die Situation, sodass alle wieder nur nach eigenem Ermessen rebellierten.
Die Polizei war in der Zwischenzeit angekommen und umstellte die Menge.
Doch auch der mitgekommene Polizeichef konnte keine Ruhe hineinbringen.
Auch er wurde nur beschimpft, was seine Wut ebenfalls steigerte.
Schließlich gab er einen Warnschuss in die Luft ab, welcher die Situation abrupt etwas zum schweigen brachte.
Bis plötzlich eine Stimme rief:

„Diese Schweine wollen uns jetzt wohl auch noch erschießen!"
Ein paar der Rebellen wollten auf die Polizisten losstürmen, doch diese richteten ihre Pistolen gegen die Masse und hielten sie so zurück.
Die Polizei hatte die Situation schneller als erwartet unter Kontrolle gebracht.
Merlin drängelte sich durch die Masse bis zum Polizeichef und versuchte die Lage zu erklären.
Doch der Polizeichef plante bereits eine Massenverhaftung und funkte an die Regierung.
Diese verlangte aber eine Erklärung für den Aufstand, dass der Polizeichef Merlin doch an das Funkgerät lassen musste.

Nach einer langen Diskussion ließ sich Merlin dazu überreden, mit ins Polizeirevier zu gehen. Jedoch nur unter einer bestimmten Bedingung...

Kapitel 7
Reine Verhandlungssache

Tag 30

Peter Winter war mit der gesamten Situation etwas überfordert.
Die Ereignisse in der letzten Woche hatten ihn schwer gestresst und ihm viele Verluste eingebracht.
Er war nun auch schon dabei, einen Eskorten Service für seine Mitarbeiter einzurichten, damit diese sicher zur Arbeit kommen und vor Übergriffen von übermotivierten Rebellen geschützt waren.
Doch dies war auf einmal auch gar nicht mehr nötig.

Am Morgen saßen die Geschäftsleute einmal wieder im Börsenzentrum und warteten auf die neuen Börsenkurse des Tages.
Doch diesen Tag staunten die Leute nicht schlecht, als statt der Börsenwerte, eine Sondermeldung der Regierung über die Neonanzeige an der Wand lief.

Der Regierungsleiter, der den stolzen Namen „Praecepta" trug, teilte seinen Bürgern mit:
„Sehr geehrte Mitbürgerinnen und Mitbürger dieser Partie. Aufgrund der jüngsten Ereignisse in der Stadt und in der Schlossallee spreche ich hiermit eine allgemeine und totale Wirtschaftssperre aus. Weswegen sämtliche Büros und Anlagen im Wirtschaftsviertel für die nächsten Tage bis auf weiteres geschlossen bleiben. Demnächst folgen weitere Informationen. Wir bedanken uns für Ihr Verständnis."
Ein erstauntes Gemurmel und verständnisloses Kopfschütteln machte sich im Börsenzentrum breit, als die Leute diese Nachricht gelesen hatten.
Selbst die Regierungsangestellten waren sehr überrascht, wussten aber, dass sie den Gebäudekomplex nun räumen lassen mussten.
„Ihr habt es alle gelesen!", rief einer der Sicherheitsleute des Zentrums, „Wir müssen Sie alle daher bitten jetzt zu gehen!"
Nach diesen Worten und unter den grimmigen Blicken der Sicherheitsleute, marschierten die gut gekleideten Geschäftsleute nach draußen.
Mitten drin auch wieder Thomas Herbst, der

sich von dem Strom der Geschäftsleute einfach mit nach draußen treiben ließ. Zunächst aber erst noch durch die Eingangshalle, wo er noch einen verzweifelten Blick auf das goldene „Own it all" warf und verwirrt von der Situation zu sich selber sprach: „Was passiert jetzt mit meinem Geld? ... mein Geld? Was ich doch schon besitze? Ich muss doch noch mehr besitzen..."

Tag 31

Trotz der Wirtschaftssperre saßen alle hohen Wirtschaftspersonen in ihren Büros.
Walter Lens, die Schmitz Brüder und natürlich Peter Winter.
Die Tatsache, dass die Wirtschaftssperre nur wegen den Ereignissen vor seiner Schlossallee verhängt wurde, machte ihn sehr nachdenklich.

Auch die Schmitz Brüder waren am Überlegen, was die Regierung wohl geplant hatte und wie es mit ihren Investitionen und Besitztümern wohl jetzt weiter gehen werde.

Walter Lens jedoch war bemüht, Kontakt mit seinen verbündeten Regierungsangestellten aufzunehmen um die Wirtschaftssperre eventuell irgendwo umgehen zu können und weiter Geschäfte zu machen.

Doch daraus wurde nichts. Jeder musste sich notgedrungen an die Wirtschaftssperre halten.

Der Tag ging einfach so dahin. Nachdenklich liefen die Geschäftsmänner weiter in ihren Büros auf und ab.

Die Erlösung kam erst gegen Abend, als jeder etwas erfolgreichere Geschäftsmann ein Telegramm von der Regierung erhalten hatte.

Alle öffneten den Umschlag, welcher ihnen ein Bote der Regierung persönlich in ihre Büros brachte.

Auf dem mit Schreibmaschine beschriebenen Zettel aus dem Umschlag stand:

„Sehr geehrter Herr,

es wird Zeit die Spannungen in der Stadt zu zerschlagen und alle Bürger wieder friedlich zu vereinen.
Des Weiteren werden wir dafür sorgen, dass die

Wirtschaft wieder ihren gewohnten, flüssigen Lauf nehmen kann. Da Sie einen gehobenen Platz in unserer Wirtschaft einnehmen, wenden wir uns ganz speziell an Sie.

Wir wollen Sie nämlich zu einer Gruppendiskussion ins Regierungsgebäude einladen, wo unter demokratischen Bedingungen die Zukunft unserer Stadt ausdebattiert werden soll.

Gemeinschaftlich an der Seite Ihrer Wirtschaftskollegen bekommen Sie die Möglichkeit, Ihren Standpunkt für die restliche Bevölkerung zu argumentieren.

Mit freundlichen Grüßen

Praecepta"

Peter Winter, Walter Lens und die Schmitz Brüder erhielten diesen Brief.
Auch weitere Bürger bekamen eine Nachricht, der Diskussion beizuwohnen und ihren Standpunkt von den Zuschauersitzen

kommentieren zu können. Allgemein wurde es von der Regierung per Radio und Zeitung publik gemacht, dass demnächst eine große Diskussion über die Zukunft der Stadt stattfinden wird.

Auch im Gefängnis kam diese Nachricht an. Hermann Wiesnewski und Merlin van Heesen saßen gerade gemeinsam in der Gefängniskantine, als einer der Wachmänner ihnen ebenfalls ein Telegramm überbrachte.
„Öffne du es!", sagte Wiesnewski zu Merlin und schob ihm den Brief mit einem zufriedenen, hämischen Grinsen zu.
„Tja? Was soll das schon sein? Die Regierung hat sich wohl an die Abmachung gehalten. Mich ins Gefängnis stecken aber gleichzeitig eine demokratische Diskussion zuzulassen. Weißt du was Hermann? -Wir haben schon so gut wie gewonnen."

Tag 33

Demokratie. Die Mehrheit entscheidet. Doch was ist mit dem Rest? Einer wird immer unzufrieden sein. Ist es rechtens,

dass die Mehrheit glücklich wird und der Rest vernachlässigt?
Demokratie ist, wenn zwei Wölfe und ein Schaf darüber diskutieren, was es zu essen gibt. Mal schauen wie der Würfel entscheidet.

Am Nachmittag war es dann endlich so weit.
Die freien Parkplätze an der Museumsstraße waren komplett belegt und der Großteil der Bürger hatte sich auf den Weg ins Regierungsgebäude gemacht. Vor allem die „Ehrengäste" Winter, Schmitz und Schmitz und natürlich Lens wurden in einem extra Fahrzeug vorgefahren.
Ebenfalls Hermann Wiesnewski und Merlin van Heesen wurden zum Regierungsgebäude gebracht, um an der Diskussion teilnehmen zu können.
Der große Saal im Regierungsgebäude wurde in zwei Hälften geteilt.
Auf der einen Seite saßen die Anhänger des jetzigen Regimes, also die übrigen Geschäftsleute und Arbeiter, auf der anderen Seite die Rebellen.
Von den Rebellen waren deutlich mehr

vertreten, aber das wohl schon aus dem Grund, dass es einfach mehr Rebellen als Geschäftsleute in der Stadt gab.

Direkt vor den Zuschauern wurden zwei extra Logen eingeteilt. In der einen sollten die Schmitz Brüder, Walter Lens und Peter Winter sitzen.

In der anderen Hermann Wiesnewski und Merlin van Heesen.

Sie sollten nun gegeneinander debattieren und Praecepta und die Bürger von ihrer Meinung überzeugen.

Die Stimmung war angespannt, als sich der große Saal nach und nach mit Anhängern der beiden Fraktionen füllte. Den Leuten beider Seiten lagen Flüche und Schimpfwörter auf den Lippen. Doch jeder wusste, dass die Personen, die jetzt Randale machten, hinausgeworfen wurden.

Die Polizei samt dem Polizeichef war auch wieder vertreten, da sich auch außerhalb des Gebäudes mehr und mehr Leute versammelten. Das düstere und angespannte Gemurmel im Saal verstummte erst, als Praecepta samt den Fraktionsvertretern die Halle betrat.

Praecepta setzte sich an ein Podium zwischen den Fraktionslogen, ließ einen strengen und kontrollierenden Blick über die Zuschauer schweifen und begann dann zu sprechen:
„Sehr geehrte Damen und Herrn. Ich bin sehr erfreut über Ihr zahlreiches Erscheinen. Gerade bei einer demokratischen Debatte wie dieser, ist es sehr wichtig, dass ein möglichst großer Teil des Volkes vertreten ist.
Grund für diese Debatte sind selbstverständlich die jüngsten Ereignisse in dieser Stadt, welche ich natürlich eigentlich nicht toleriere. Da die Stadt jedoch mehr und mehr in zwei Gruppierungen aufgeteilt ist und sich noch mehr Ausschreitungen androhen, ist es jetzt an der Zeit, dass dieses Problem gelöst wird. Wir müssen eine Lösung finden, mit der unsere Bevölkerung gut leben kann. Idee für diese Debatte hatte übrigens der heute auch anwesende Merlin van Heesen, welchem ich nun gerne das Wort übergeben möchte."

Merlin sah man an, dass er nicht lange im Gefängnis sitzen musste, deshalb nahm er direkt eine selbstbewusste Haltung ein und begann, durch das Mikrofon vor sich, zu erzählen:

„Liebe Leute! Die Bemühungen von mir und meinem Freund Hermann Wiesnewski waren wirklich alle nur zum Wohle unserer Gesellschaft. Viele der hier Anwesenden können sicher auch bestätigen, dass es ihnen sehr wohl bekommen ist. Nicht wahr?"

Die Zuschauerseite der Rebellen begann zu nicken.

Merlin fuhr fort:

„Ich und meine Freunde empfanden es als schlichtweg unfair und absolut unverschämt, dass hier Leute ihres gesamten Besitzes beraubt werden und sie dann einfach auf der Straße zurück gelassen werden. Genau gegen diese skrupellose Unfairness wollen wir mit unseren Aktionen demonstrieren."

Praecepta wandte sich der anderen Loge zu und erteilte ihnen das Wort.

Henry Schmitz ergriff als erster das Wort, um direkt zu kontern:

„Herr van Heesen, mir ist wirklich unbegreiflich, dass Sie wohl kein Bisschen Scham verspüren, bei dem was Sie gemacht haben. Sie haben unschuldige Bürger bedroht,

beraubt und einen Mann sogar tätlich angegriffen. Gewalt anzuwenden nur, weil der eigene Wille nicht durchgebracht werden kann, ist in meinen Augen verachtenswert."
Praecepta als stiller Beobachter zog eine Augenbraue hoch und wartete auf eine Reaktion der Rebellenloge.

Hermann Wiesnewski entgegnete:
„Herr Schmitz! Ich kann Ihre Gedanken sehr gut nachvollziehen und ich kann Ihnen mit reinem Gewissen sagen, dass keine dieser speziellen Übergriffe von mir so geplant waren. Ich wollte tatsächlich etwas aufbrausender sein, da einem in dieser Gesellschaft ansonsten niemand mehr Beachtung schenkt, aber körperliches Leid wollte ich niemandem zufügen."
Walter Lens fuhr dazwischen:
„Ich war selbst dabei, als Sie Schwachkopf mit ihrer Idiotenbande mein Theater überfallen haben. Als dort einer der Gäste angegriffen wurde, haben Sie diesem Verhalten ihrer Anhänger auch nur nickend zugestimmt."
„Zügeln Sie ihre Ausdrucksweise.", sprach Praecepta und gab den Rebellen das Wort.

Wiesnewski schüttelte den Kopf:

„In besonderen Situationen sind nun mal besondere Verhaltensweisen von Nöten, damit man seine Ernsthaftigkeit nicht verliert. Ich kann es Ihnen natürlich auch jetzt nachträglich sagen, dass ich ein solches Verhalten keines Weges toleriert habe."

„Der lügt sich hier doch echt etwas zusammen.", flüsterte Jurie Schmitz seinem Bruder zu und ergriff dann das Wort:

„Ich verstehe ihre Motive noch nicht ganz, Herr Wiesnewski. Warum mussten ihre Proteste so hart und drastisch sein?"

Hermann zuckte mit den Schultern und meinte dann:

„Daran sind Sie selber Schuld im Grunde. An meinen Protesten waren alles Menschen beteiligt, die Sie auf die Straße gesetzt haben. Dadurch hat sich eine solche Wut angestaut, dass sie sich nur hart und drastisch entladen konnte. Wir wollten einfach zum Umdenken anregen, -nichts weiter. In dieser skrupellosen Welt hätte eine andere Vorgehensweise, wie schon einmal erwähnt, auch einfach kein Gehör gefunden."

Praecepta machte ein nachdenkliches Gesicht

und stellte dann die entscheidende Frage:
„Wollen Sie uns nicht nun endlich einmal erklären, was Sie alles an unserer Gesellschaft als so unfair und skrupellos empfinden?"
Wiesnewski rieb sich die Hände und lächelte:
„Nun, da gibt es so einiges. Die ganze Ordnung ist im Grunde falsch. In so einer Ordnung, die darauf ausgelegt ist, den anderen möglichst schnell und hart aus dem Wettbewerb zu schmeißen, ist es doch nachvollziehbar und unausweichlich, dass bald nur ein Haufen arbeitsloser und eine kleine Menge von reichen Geldsäcken übrig bleibt, die die restlichen Leute auch noch ausbeuten wollen."
Peter Winter schüttelte wütend den Kopf und fügte hinzu:
„Ich möchte deshalb an dieser Stelle darauf hinweisen, Herr Wiesnewski, dass wir alle mit denselben Startvoraussetzungen und den gleichen Geldmitteln in diesen Wettbewerb gestartet sind. Das optimale und ganz und gar nicht utopische Verhalten wäre gewesen, dass sich unsere Gelder und Wertanlagen wirtschaftlich und ökonomisch korrekt gleichmäßig zwischen uns Geschäftsleuten hin

und her bewegt hätten, sodass es nie zu Armen oder Arbeitslosen gekommen wäre. Dass es nun so weit gekommen ist, beweist nur, dass die Leute, die jetzt arm sind, einfach nicht mit Geld umgehen können und sofort die Leute, die Geld haben, für ihr Scheitern verantwortlich machen. Wenn Sie mich fragen, ist das jetzige Regime, das fairste was es gibt. Wer hart arbeitet, wird belohnt, wer nicht richtig wirtschaften kann, wird mit der Armut bestraft."
Merlin van Heesen musste lauthals lachen:
„Fair nennen Sie das hier? Werfen Sie mal einen Blick in den Saal! Glauben Sie im Ernst, dass alle diese Menschen hier nicht richtig wirtschaften konnten und dass nur Sie und Ihre gierigen Kollegen es können? Und was soll der blöde Spruch ‚Wer arbeitet wird belohnt'? -Wer arbeitet in Ihrem Unternehmen wohl am härtesten? Sie in Ihrem Büro? Oder die Arbeiter in Ihren Fabriken? -Na?- Und jetzt stellt sich dazu auch mal die Frage wer davon nun wirklich am meisten belohnt wird."
Herr Winter war empört und fuhr sogleich fort:
„Meinen Mitarbeitern geht es in meiner Firma wirklich gut und sie fühlen sich keineswegs

ausgenutzt oder schlecht behandelt. Aber Sie setzen Ihre eigene Firma selbstverschuldet in den Sand und fühlen sich schlecht behandelt, obwohl Sie weiterhin „LOS-Subventionen" erhalten, welche Ihr Leben ebenfalls absichern können."

Wiesnewski setzte einen spöttischen Blick auf und sprach:

„Wie gut, dass Sie mich an die „LOS-Subventionen" erinnern. Die sind ebenfalls ein Witz. Fragen Sie jeden meiner Anhänger. Diese Subventionen reichen noch lange nicht zum Leben. Vor allem ist es eine Unverschämtheit, dass wenige Tage nach der Auszahlung bereits eine Steuer eingefordert werden kann, welche einem dann genau den Subventionsbetrag wieder abzieht. Dann bleibt gar nichts mehr."

Walter Lens meldete sich darauf zu Wort:

„Mal ganz speziell eine Frage an Sie Herr Wiesnewski und Herr van Heesen: Sie waren beide selber Chefs großer Firmen, so wie es das Regime auch vorgesehen hatte. Sagen Sie mir, wie Sie sich fühlen würden, wenn Sie an meiner Stelle hier sitzen würden und Anschuldigungen wegen Gier und Ähnlichem ertragen müssten."

Merlin van Heesen räkelte sich und begann zu erzählen:

„So weit wäre es bei uns ja nie gekommen. Wir wären nie so raffgierig geworden wie Sie. Im Prinzip hatten wir uns ja sogar daran halten wollen, alles ökonomisch und wirtschaftlich zu handeln, aber solche Leute wie Sie haben das ja nicht zulassen wollen. Etwas, was dieser Stadt fehlt, ist auch die Menschlichkeit!"

Peter Winter schaute wieder empört drein und meinte dann nach einigem Nachdenken mürrisch:

„Was ist eigentlich mit dem Geld passiert, was ich Ihnen per Scheck überschrieben hatte, Herr Wiesnewski!?"

Hermann Wiesnewski und einige Leute im Saal begannen lauthals zu lachen. Darauf sagte Wiesnewski mit noch deutlich vergnügter Stimme:

„Welches Geld denn bitte? Jetzt kommen Sie mir nicht mit dieser Nummer, Herr Winter! Ihre Unmenschlichkeit haben Sie mit ihrem rücksichtslosen wirtschaften schon lange unter Beweis gestellt. Dann brauchen Sie jetzt nicht noch nachträglich anfangen zu lügen."

Peter Winter war entsetzt.

War sein Geld nicht angekommen?
Auf dem Kontoauszug war nicht vermerkt von wem das Geld an der Bank abgehoben wurde, da es ja nur ein Scheck war. Tatsächlich hatte Wiesnewski sich für das Geld aber die Schusswaffen für seinen Theaterraub besorgt.
„Du spinnst wohl, Mann.", flüsterte Walter Lens mit zorniger Stimme zu Peter Winter, „du kannst doch jetzt nicht auch noch so eine Scheiße erzählen! Wir sind doch so wie so schon blöd dran!"

Praecepta nutzte die Verwirrtheit um eine weitere Frage zu stellen:
„Die Herren Rebellen haben doch aber sicher Pläne, wie es in unserer Stadt besser aussehen könnte, nicht wahr? Erzählen Sie uns doch davon, um es eventuell noch unentschlossenen schmackhaft zu machen."
Wiesnewski und van Heesen, lächelten sich frohen Mutes zu. Hermann Wiesnewski sprach dann:
„Es soll so sein, dass zunächst jeder Bürger einen fairen gleichen Geldbetrag bekommt. Dann soll jeder eine Arbeitsstelle bekommen und jeder einen gleichen, gerechten Lohn dafür.

Wir werden es nie wieder zulassen, dass jemand auf der Straße sitzt, oder jemand in einem großen Hochhaus, der uns das Geld abnimmt. Mit unseren Plänen wird diese Stadt endlich fair und gerecht geleitet!"

Die Zuschauer aus den Reihen der Rebellen jubelten. Aber auch einige der Geschäftsmänner klatschten. Praecepta bemerkte dies und erinnerte sich, dass dies alles hier demokratisch ablaufen sollte.

„Die Herren Schmitz, Lens und Winter? Haben Sie noch etwas hinzuzufügen?"

Walter Lens rollte mit den Augen und schaute seine Kollegen an, bis er dann sprach:

„Viel können wir leider eh nicht mehr ausrichten, oder?"

Auf diese Antwort hatten die Rebellen nur gewartet und ein Jubel brach im Saal los.

Schnell gelangte dies auch nach draußen und die Leute außerhalb des Gebäudes begannen auch zu jubeln.

Praecepta musste jedoch noch einmal mit strengem Ton um Ruhe bitten.

„Würden sich die Herrschaften bitte noch einmal beruhigen? Ich habe mich in den letzten

Tagen noch einmal genau unter der Bevölkerung umgehört und diese Debatte brachte mir die nötige Gewissheit. Mein größter Zweck als Regierungschef ist, den Bürgern dieser Stadt alles so passend und angenehm wie möglich zu machen. Zudem habe ich mir geschworen, demokratisch zu handeln und mich auf die Mehrheit des Volkes zu verlassen und deren Wünschen nach zu gehen. Wie ich mich erkundigt habe, und das konnte ich dank meines Amtes wirklich sehr ausführlich, liegt die Mehrheit der Bürger bei den Rebellen. So Leid es mir dann auch für unsere Geschäftsmänner tut, werde ich die Regierung an die Herren Wiesnewski und van Heesen übergeben. Mit der einzigen Bedingung, wirklich gut, fair und gerecht für alle Bürger zu sorgen.
Ich trete hier mit offiziell ab!"

Ein erneuter Jubel brach aus und Wiesnewski und van Heesen lagen sich in den Armen. Die Menschen drückten sich ebenfalls und freuten sich, dass ihre Rebellion Erfolg hatte.
Nur die Geschäftsmänner Schmitz und Schmitz, Walter Lens und Peter Winter

konnten es nicht fassen.

„Das ist doch nicht Ihr Ernst?!", brüllte Walter Lens mit einem aggressiven Ton, „was passiert jetzt mit unserem Geld? Diese verrückten können doch mit gar nichts umgehen!"

„Das ist doch jetzt aber wirklich nicht fair! Ich habe gerecht und legal für meinen Besitz gearbeitet! Die dürfen mir das nicht einfach so wegnehmen! DAS sind die unfairen Menschen hier!", brüllte Peter Winter gegen den Freudenjubel der Rebellen an.

„Sehr amüsant die Herren! Doch es ist zu spät!", lachte Merlin van Heesen.
Walter Lens stieg wutentbrannt aus der Loge und mit geballten Fäusten auf Wiesnewski und van Heesen zu.
„Leute! Die unfaire Gier steigt direkt wieder auf!", rief van Heesen in diesem Moment und deutete auf den heranstürmenden Walter Lens. Die Rebellen rissen sich aus ihrem Freudengeschrei und kamen ihrem neuen Regierungschef zur Hilfe, schlugen Walter Lens zu Boden und schleiften ihn schließlich aus dem Regierungsgebäude. Unter drohenden Blicken marschierten auch die

Schmitz Brüder und Peter Winter zusammen mit ihren letzten Geschäftskollegen hinaus.

> Es scheint immer so, als hätte die Seite mit den meisten Anhängern immer Recht.
>
> Es scheint immer so, als hätte die Seite, die ihre Meinung am häufigsten kundtut immer Recht.
>
> Es ist immer so, dass die Person, die sich dagegen stellt zum Außenseiter wird.
>
> Es ist manchmal so, dass das Recht schwer zu beweisen ist.

Kapitel 8
Hand in Hand mit Sichel und Hammer

Tag 94

Fressen oder gefressen werden!
In der Natur klingt das so einfach und ist so leicht umsetzbar.
Aber wir sind Menschen.
Aber sind wir nicht eigentlich auch Teil der Natur?

Die gesamte Stadt wurde vollkommen reformiert. Weitere Verhandlungsversuche der Geschäftsleute mit den Rebellen wurden einfach abgesagt. Die Mehrheit hatte entschieden und diesen Weg gewählt. Die Rebellen waren nun auch keine Rebellen mehr, sondern die höchsten Männer der Stadt.
Praecepta wusste, dass es sinnlos war, sich gegen die Rebellen aufzulehnen, da sie schlichtweg die Mehrheit bildeten und eine Unterdrückung nur noch mehr Krawalle ausgelöst hätte.
Praecepta selbst verschwand einige Tage nach

den Verhandlungen aus der Stadt. Niemand wusste bescheid über seinen Verbleib.

Die neue Regierungsspitze tat jedoch ihr Bestes, um die Stadt komplett nach ihren Wünschen umzugestalten.
Als erster Schritt wurde all das Geld der überreichen Bürger einkassiert.
Dabei machte Walter Lens selbstverständlich die größten Anstalten und schlug sich mit den Regierungsangestellten, die ihm sein Geld wegnehmen wollten.
Die Schmitz Brüder und Peter Winter hielten sich zurück und mussten zusehen, wie ihr gesamtes Geld und ihre Anlagen wieder der Regierung übergeben wurden.
Nächster Schritt war es nämlich, das Geld wieder so aufzuteilen, dass jeder Bürger den gleichen Geldbetrag auf seinem Konto hatte.
Jeder gleich viel Geld.
Fair eben.
Gleichzeitig dazu wurde vereinbart, dass ein Bürger nicht mehr als einen bestimmten Geldbetrag besitzen darf, damit es nie wieder zu extrem reichen Menschen kommt.
Was die Arbeit anging, bekam jeder Mensch in

der Stadt wieder eine Arbeit zugeteilt, die seiner vorherigen Arbeitsstelle von früher zumindest etwas ähnlich sah.

Peter Winter jedoch fühlte sich furchtbar verhöhnt, da er eine Stelle als Bandarbeiter in einer Fabrik bekam, die früher einmal ihm gehörte, welche er aber auch an die Regierung abgeben musste.

Gehälter wurden von der Regierung so festgelegt, dass jeder Mensch in der Stadt den gleichen Lohn bekam. Keiner durfte mehr verdienen als der Andere, da es sonst wieder schnell zu unfairen Missständen gekommen wäre.

Was das Wohnen anging, durfte es nie wieder so etwas wie „das arme Turmstraßenviertel" oder das „Reichenviertel" geben.

Die Regierung sorgte dafür, dass an bestimmten Stellen Dinge abgebaut und wo anders zur Verbesserung und Verschönerung wieder aufgebaut wurden, um allen einen gleichen und fairen Lebens- und Wohnstandard zu gewährleisten.

Dies alles nahm viel Zeit in Anspruch, doch

die Menschen waren überglücklich, dass es jetzt so viel gerechter für sie war.

Das Börsenzentrum stand seit diesen Tagen leer.
Das geschäftliche Treiben in den Hallen war verstummt und das goldene „Own it All" hing bedeutungslos in der Gegend herum.
Die neue Regierung nutzte einige der Einrichtungen noch für staatliche Verwaltung. Ansonsten war es dort nur noch wie ausgestorben.
Den Menschen kam es allerdings so vor, als würde nach einer halben Ewigkeit einmal wieder die Sonne scheinen, als sie sich auf den Weg zur Arbeit machten.
Viele hatten lange nicht mehr gearbeitet. Einige waren mürrisch deswegen, andere freuten sich endlich wieder beschäftigt zu sein und das auch zu einem fairen Gehalt.

Peter Winter jedoch war absolut unglücklich.
Wie konnte man ihm nur all seinen Besitz abnehmen?
Seine Wohnung in der Schlossallee durfte er behalten. Jedoch wurde aus seiner Wohnung

und dem gesamten Grundstück so viel abgebaut, dass es nur noch den Eindruck einer einfachen Mittelklassewohnung machte.

Alles andere wurde schon vor Wochen abgebaut und in die Verbesserung der Turmstraße eingearbeitet.

Nun saß er dort am Fließband und musste die Produkte zusammensetzen, die an ihm vorbei liefen. Um ihn herum liefen die Zahnräder im Takt und draußen qualmten die Schornsteine. Das alles jedoch nicht mehr zu seinen Gunsten.

„Hey, Herr Winter!", sprach plötzlich ein Arbeiter, der neben Peter Winter saß, „Sie erinnern sich bestimmt nicht an mich, aber ich habe früher auch schon hier gearbeitet. Drüben im Schweißer-Raum. Sie haben mich wohl nie wirklich wahrgenommen, weil ich immer so eine Schutzmaske trug. Sie waren ein guter Chef. Sie haben immer so schön gelächelt wenn Sie hier waren. Dieses Lächeln vermisse ich irgendwie."

Peter Winter setzte noch eins der Produktstücke zusammen und wandte sich dann dem Mann zu:

„Danke, dass Sie nachhaltig noch so viel Vertrauen in mich haben, aber Sie können sicher nachvollziehen, dass mir in meiner Lage nicht mehr zum Lächeln zumute ist. Dieser merkwürdige Regierungsplan hat mir alles genommen. Die anderen sind jetzt vielleicht glücklicher, aber mir geht es einfach beschissen!"

Der Arbeiter nickte verständnisvoll und zustimmend, meinte dann aber:

„Finden Sie es denn nicht schön, dass trotz allem nun alles hier fair verläuft?"

Peter Winter jedoch wurde nur wieder grimmig und spottete dann:

„Fair ist das alles hier nicht! Ich habe so viel gearbeitet um auch dementsprechend viel zu bekommen. Dass mir das alles nun von Leuten abgenommen wird, die nicht hart arbeiten wollten, ist doch absolut unfair!"

Anderswo ging es viel entspannter zu.

Gordon Kelly, der ehemalige Beleuchtungstechniker aus der Stadtoper, hatte ebenfalls eine neue Arbeitsstelle gefunden und arbeitete nun als Installateur für die Regierung. In seinem hellblauen Firmen-Van fuhr er zusammen mit seinem Kollegen zu einem neuen Auftrag.

Sein Kollege war ein ehemaliger Immobilienkaufmann, der von der Regierung nun aber hier angestellt wurde.

Bing Basdeki hieß er und hatte abgesehen von einer kurzen Schnellausbildung in den vergangenen Wochen noch keine Erfahrung in diesem Beruf.

Die Unerfahrenheit der neuen Arbeiter hielten die Regierungschefs für einen der Hauptgründe, weswegen die Wirtschaft noch nicht stabil lief. Das würde sich aber noch regeln... da waren alle dieser Meinung.

Gordon und Bing waren nach einer kurzen Fahrt durch den Sonnenschein bei ihrem ersten Auftrag angekommen. Sie befanden sich in der Lessingstraße und sollten dort noch einige Lampen abmontieren, da noch welche für den Wiederaufbau der Turmstraße gebraucht wurden.

Gordon hatte genaue Einsatzpläne und ging direkt zu der Tür von einem der Wohnhäuser, drückte die Türklingel und wartete auf eine Reaktion.

Nach einem kurzen Augenblick öffnete eine alte Dame die Tür.

„Guten Tag! Wir kommen von der Regierung

und laut unseres Plans, müssen wir bei Ihnen noch vereinzelt Lampen abmontieren!", sprach Gordon mit einem formellen und höflichen Ton.
Die Frau schlug die Tür zu.
Bing musste lachen. Gordon jedoch drückte noch ein weiteres Mal auf die Klingel.
Nach einiger Zeit öffnete sich eines der Fenster und die alte Frau rief heraus:
„Ich rufe die Polizei! Ich bin hier kaum eingezogen und schon wollen mir irgendwelche Gierschlunde schon wieder alles wegnehmen."
Bing konnte sich vor lachen kaum noch halten. Gordon jedoch blieb ernst und antwortete mit ernster Stimmer:
„Meine Dame, wir sind von der Regierung und wir brauchen die Lampen in Ihrer Wohnung, damit andere Leute auch ein helles zu Hause haben können. Die Lampenproduktion läuft noch schleppend. Daher müssen wir viel demontieren. Das müssen Sie verstehen... es ist schließlich alles nur für die Fairness hier in der Stadt!"
Die Frau hatte zugehört und streckte neugierig ihre alte Nase weiter aus dem Fenster.

„Na gut", sprach sie dann endlich, „aber nicht die Lampe aus der Speisekammer. Sonst breche ich mir die Hüfte, falls ich irgendwo im Dunkeln gegen stoße."
Bing musste wieder lachen. Man sah ihm richtig an, wie sehr ihm der direkte Umgang mit Menschen gefiel.

Im Turmstraßenviertel wurde währenddessen viel gebaut und gewerkelt.
Baumaschinen und Lastwagen fuhren über die Straßen, alle im Einsatz um die vielen zerfallenen Häuser bewohnbarer zu machen. In den letzten Wochen wurde schon sehr viel geschafft, aber es fehlte immer noch irgendwas, damit die Turmstraßenhäuser mit denen aus den anderen Teilen der Stadt mithalten konnten.
Gabriel Weiß freute sich über die viele Kundschaft. Bauarbeiter strömten häufiger in seine Bar, um ihre Pausen und den Feierabend zu genießen.
Es gab zurzeit viele Bauarbeiter, da viele der ehemals Arbeitslosen von der Regierung zu Bauarbeitern gemacht wurden. Sie sollten den Umbau der Stadt vorantreiben.

Gabriel konnte dadurch jedoch nicht mehr als sonst verdienen, da seine Bar ja nun auch der Regierung gehörte und er lediglich den gleichen Lohn wie jeder andere Mensch in der Stadt bekam.

Es freute ihn dennoch, so viele der schwer arbeitenden Menschen zu versorgen, welche sich für den Umbau der Stadt so tatkräftig einsetzten.

Auch die Schmitz Brüder wurden für einige Monate als Bauarbeiter eingestellt, sollten dann aber in Büros versetzt werden.

Draußen schien die Sonne auf den frisch geglätteten Asphalt und Henry und Jurie Schmitz gönnten sich eine Pause in Gabriels Bar.

„Na ihr? Wie läuft es bei euch?", fragte Gabriel die zwei Brüder.

„Früher war besser…", entgegnete Jurie sofort.

Gabriel servierte einem anderen Arbeiter ein Getränk und wandte sich dann wieder den Brüdern zu:

„Ach was? Dann wart ihr wohl damals nicht bei den Rebellionen dabei was? Mit wem hab ich's hier denn zu tun?"

„Mit den ehemaligen stolzen Inhabern der ‚Schmitz und Schmitz OHG'.", sprach Henry und nahm einen großen Schluck Kaffee.

Gabriel lehnte sich auf den Tresen.

„Nun gut... das ist natürlich bitter. Drittgrößter Konzern damals, richtig? Tut mir echt Leid für euch zwei. Aber seht es positiv, Jungs. Ihr habt jetzt keinen Börsenzusammenbruch, keine Gewerkschaften oder sonst irgendeinen Wertverlust mehr zu befürchten. Und weil ich es wirklich gut mit euch meine, spendiere ich euch zwei jetzt immer ein Getränk, wenn ihr bei mir vorbei kommt. Ist doch ein nettes Angebot, oder?"

Die zwei Brüder lächelten den Mann an und nickten freundlich.

Draußen wurden derweil die großen Arbeitsmaschinen schon wieder angeworfen und die Umbauarbeiten mussten weiter gehen.

Tag 95

Walter Lens wurde aufgrund seiner aufbrausenden Art zur Arbeit bei der Müllabfuhr eingeordnet.

Doch er wollte sich nicht unterkriegen lassen.
Gerade musste er wieder eine Tour fahren und meinte während er gerade eine Mülltonne zum Abfuhrwagen zog zu einem Kollegen:
„Weißt du was ich mache, Mann? Ich werde hier so hart arbeiten, dass die mich einfach befördern müssen! Ich habe keine Lust hier als Müllmann zu versacken."
Walters Kollege schaute skeptisch und meinte dann:
„Du redest wirres Zeug. Die Regierung setzt dich dort ein, wo du gebraucht wirst. Da ist es egal wie hart du arbeitest. Was soll es dir auch bringen, wenn du befördert wirst? Du bekommst dort trotzdem genauso viel Geld wie hier. Genieß es einfach, Mann! Genieß es, dass du Arbeit hast und einen guten Lohn dafür bekommst! Man nennt das auch im ‚Flow' leben, Alter!"
Der Spinner habe doch echt keine Ahnung, dachte Walter leise bei sich und überlegte einen neuen Plan, wie er eventuell seine Lage bei dieser neuen Regierung verbessern konnte.
Im Augenblick hatte er keine Idee.
Aber ihm werde schon etwas einfallen.

Tag 96

Es war ein schöner Morgen.
Seichte Nebelschleier lagen um die Wolkenkratzer des ehemaligen Wirtschaftszentrums.
Dazu ging im sanften Morgenrot die Sonne auf.

Armando Kutesa sah von seinem Appartementzimmer zu, wie die Sonne langsam die Stadt erleuchtete.
Armando war unglaublich froh, nicht mehr in der Turmstraße wohnen zu müssen. Beim Regierungswechsel hatte man ihm sofort eine bessere Wohnung in der Poststraße besorgt. Er fühlte noch regelrecht, dass sich seine jetzige Wohnung im ehemaligen Reichenviertel befand, obwohl viele der Einrichtungsstücke bereits demontiert wurden.
Nun hatte er eine gute Wohnung und eine Arbeitsstelle wie jeder andere auch. Ihm ging es im Vergleich zu früher einfach gut.
Er durfte jetzt in einer Lebensmittelfabrik arbeiten und dort die Mischverhältnisse für eine Art „allround-Nahrungsmittel" bestimmen, welches die

Regierung entwickelt hatte, seitdem alle Fabriken von ihr übernommen wurden.

Hermann Wiesnewski und Merlin van Heesen versprachen weitere und geschmackvollere Lebensmittel wieder einzuführen, wenn sich die Wirtschaftslage wieder stabilisiere.
Trotz der gewöhnungsbedürftigen Umstände durch die neue Regierung stieg die Moral der Bevölkerung ungemein.

Armando machte sich frohen Mutes auf den Weg zur Arbeit.
Er hatte eine Idee:
Er wollte durch seinen fairen Lohn möglichst so viel ansparen, dass auch er sich einmal reich fühlen durfte.
Während seinen vielen Tagen im Armenhaus hatte er sich nichts sehnlicher gewünscht. Die neuen Bedingungen boten ihm in seinen Augen einfach die perfekte Möglichkeit seinen Traum zu verwirklichen.
Armando hatte auch endlich eine Freundin gefunden und befand sich schon halb in einer festen Partnerschaft.

Vielen Bürgern ging es in der letzten Zeit so, dass sie durch die verbesserten Lebensbedingungen auch mehr soziale Dinge taten, wie Dates oder einfach auf die Suche nach Freunden gingen.

Stress hatten bloß Hermann Wiesnewski und Merlin van Heesen.

Ihnen wurden zwar Regierungsangestellte unterstellt, aber dennoch war es schwere Arbeit für sie alles zu regeln und alles wirklich so fair wie möglich zu gestalten.

Kapitel 9
Alles geht nach Plan

Tag 115

Im Regierungsgebäude kamen trotz der milderen Umstände auch schon erste Beschwerden ein.
Viele der eingestellten Arbeiter waren unzufrieden mit den Jobs, die ihnen zugeteilt wurden.
Unzufrieden.
Sie waren von den Jobs, mit denen sie vor der Arbeitslosigkeit vertraut waren, einfach zu weit entfernt.
So sollten ehemalige Bürokaufleute plötzlich auf dem Bau schuften, oder alte Opernsänger plötzlich Autos zusammenschrauben.
Es waren jedoch nur einfache kleine Beschwerden, die einkamen. Durch die dennoch herrschende Fairness war kein größerer Unmut in der Bevölkerung zu spüren. Dennoch musste die Regierung noch etwas umdenken. Die Gebäude wurden soweit es ging passabel für alle umgebaut und jeder

konnte ein schönes einfaches Heim beziehen.
Eines wie es jeder andere auch hatte.
Die vielen Bauarbeiten hatten die Regierungskasse jedoch stark geplündert, sodass drastische Maßnahmen in der Wirtschaft nötig waren, um einen geregelten Fluss der Wertströme wieder zu gewährleisten. Ein Bankrott der Regierung währe nämlich ziemlich dämlich gewesen.
Die Regierung brauchte also neue Einnahmequellen und entschied sich, das Angebot an Produkten wieder zu erhöhen.
Also neue Versetzungen in die Fabriken, mehr Energieaufwand in den Kraftwerken und mehr Lieferanten.

„Wir müssen alles nochmal neu um planen!", sprach Hermann Wiesnewski, als er die Berichte aus den Fabriken und Finanzen las.
„Den Leuten schmeckt auch dieses ‚allround'-Futter nicht! Diese Einheitsnahrung war eh eine schlechte Idee! Die Leute fangen an, eigenes Gemüse zu züchten und so. Das dürfen wir nicht mit ansehen.", fügte Merlin van Hessen hinzu.
Wiesnewski durchsuchte einen Aktenordner

und meinte dann:

„Die Einheitsnahrung war ja auch nur eine Übergangslösung... für ein Problem, das wir jetzt lösen! Wir bringen neue Lebensmittel auf den Markt. Die Fabriken dafür haben wir ja. Wir brauchen nur noch mal neue Arbeiter, vor allem im Kraftwerk werden wir neue Männer brauchen."

„Gut so! Wir nehmen einfach einige Arbeitskräfte aus der Bauarbeiterkolonne und setzen sie dort ein!"

„Nun ja... Arbeiter werden wir aber auch weiter brauchen. Die Umbauarbeiten sind zwar so gut wie abgeschlossen, aber um alle unsere Versprechungen einzuhalten, brauchen wir dennoch weiterhin gute Arbeiter."

„Du hast Recht. Ich werde mich informieren, wo wir noch weitere Arbeitskräfte für die Kraftwerke und Fabriken bekommen können."

Die Regierung begann somit zu planen.
Was muss hergestellt werden und in welchen Massen, damit die Bedürfnisse der Bevölkerung befriedigt werden können?

Tag 117

„Meine Herren! Ich nenne es die ‚Heesen Food Collection'. Benannt nach unserem lieben Regierungschef, beinhaltet dieses fesch benannte Sortiment eine Vielzahl von Nahrungsmitteln, die jedem Bürger schmecken werden. So haben wir hier etwas Herzhaftes... hier etwas Süßes und für unsere etwas älteren Mitbürger etwas Kaufreundliches!", sprach der Marktforschungsmann und präsentierte den beiden Regierungschefs einige merkwürdige verpackte Lebensmittel.

„Sie sind leicht und kostengünstig zu produzieren. Und selbstverständlich dürfen Sie jetzt auch einmal probieren.", fuhr der Mann fort und hielt den beiden Chefs etwas von seinen Produkten hin.

Wiesnewski griff zu dem Stück, was der Mann als „herzhaft" beschrieben hatte.

Wiesnewski biss hinein und vernahm einen salamiähnlichen Geschmack. Doch die Konsistenz war merkwürdig fest.

Van Heesen griff zu dem „Süßen". Doch auch ihm schmeckte dies nicht sonderlich.

Es war sehr zuckerig und von der Konsistenz

her matschig und leicht zäh.
Wiesnewski und van Hessen waren sich einig:
„Irgendwie schmeckt das scheiße!"
„Aber, aber! Ich habe alle unsere Ressourcen überprüft! Wir können wirklich nichts Besseres herstellen! Die Menschen da draußen leben zurzeit von Wasser, einfachem Brot und dieser komischen Nahrung. Sie verlangen etwas Neues und diese Produkte sind nun mal das einzige, was wir regierungskontrolliert herstellen können. Außer, Sie geben noch mehr Geld aus... aber dann besteht die Gefahr, dass nicht mehr genug Geld für die Gehaltsauszahlungen bleibt.", erzählte der Mann und schaute erwartungsvoll auf die zwei Regierungschefs.
Van Heesen grübelte nach, meinte dann aber:
„Ich glaube, Sie haben Recht! Wir werden etwas Neues produzieren müssen und wenn diese Produkte das einzige sind, was möglich ist... müssen wir es wohl machen. Und Sie sind sicher, dass es nichts Besseres gibt?"
Der Mann schüttelte den Kopf:
„Ich bin untröstlich, aber für die von Ihnen geplante Nahrungsmittelabdeckung bleibt leider nur diese Alternative."

„Na gut! Geben Sie die Pläne an die Fabriken aus! Wir kümmern uns um die Arbeiter und den ganzen Rest. Es wird Zeit, dass die Bürger mal wieder was anderes zu Essen bekommen.", sprach Wiesnewski und schickte den Mann hinaus.

„Wir brauchen noch neue Pläne für die Autos. Irgendwas Einfaches muss es sein. Planbar... nicht hirnlos und konsumvoll. Aber zu einem fairen Preis... und jedes Auto möglich gleichwertig, damit nichts ‚Statussymbolträchtiges' dabei raus kommt. Sagen Sie unten in der Abteilung bescheid, dass wir demnächst neue Vorschläge für Autos brauchen. Ein schöner Einheitswagen soll es sein!"

Von einem neuen Auto träumte zu der Zeit auch Beate Amico.
Ihr alter Wagen wurde ihr von der Regierung abgenommen, sodass sie mit der völlig überfüllten Straßenbahn zur Arbeit fahren musste.

Zeitgleich träumten auch alle von neuem Essen. Alle essbaren Produkte, die noch aus der Zeit

vor der neuen Regierung stammten, wurden einkassiert und waren nun auch schon wieder fast komplett verbraucht.
Die Regierung musste also schnell planen und Handeln.
Andere Menschen waren wegen der neuen Umstände aber immer noch so glücklich, dass sie sich um so etwas noch gar keine Sorgen machten.

Armando Kutesa zum Beispiel hatte heute wieder ein Date mit seiner Geliebten ‚klar gemacht'.
Am Abend saß er mit ihr zusammen in einem Café am Opernplatz.
Der Abend war schön. Die Sonne war schon fast vollständig untergegangen und der Himmel war sternenklar.
Das Café war recht voll, da viele nach der langen Arbeitslosigkeit die Freuden eines Cafébesuches wiedererkannt hatten.
Armando hatte für sich und seine Freundin zwei Kaffees bestellt. Kaffee wurde immer seltener in der Zeit, da gar keiner mehr produziert wurde.
Theoretisch hätten deshalb die Preise steigen

müssen, doch dies ließ die Regierung nicht zu.
Armando freute sich riesig über die entspannten Abende, die er mit seiner Freundin zusammen verbringen konnte.

Ebenfalls entspannen tat sich an diesem Abend auch Walter Lens. Im selben Café, nur einen Tisch weiter.
Er beobachtete, wie Armando und seine Freundin den Kaffee an den Tisch gebracht bekamen und erkannte am Duft, dass es sich um eine Kaffeemarke handelte, die er vor einiger Zeit selbst herstellen ließ.
Als er um sich schaute, erkannte er weitere Dinge, die unter der neuen Regierung eigentlich gar nicht mehr hergestellt wurden. Kekse, Zigaretten und weitere Genussmittel, welche in diesem Café anscheinend noch zu Hauf vorhanden waren.
Obwohl Walter Lens nun ein Müllmann war, vergaß er seine Vergangenheit als Geschäftsmann nicht und hatte direkt einen neuen Plan.
Er winkte den Kellner zu sich:
„Sag mal, kann man den Kaffee hier auch ungemahlen oder zumindest ungekocht

kaufen?"
Der Kellner guckte verwundert, meinte dann aber:
„Öööhm, sicher mein Herr, ich wüsste nicht, was dagegen spricht!"
„Ausgezeichnet!", lachte Walter, „dann kaufe ich ihnen 5 Pakete ab, wenn das ok ist."
„Selbstverständlich!", sagte der Kellner lächelnd und kam dann auch tatsächlich mit 5 noch verschlossenen Paketen des „Lens-Kaffees" wieder.
„Super! Dankeschön, Junger Mann!", freute sich Walter Lens, zahlte die Rechnung und verschwand auch schon aus dem Café.
„Ja, genießt noch euren Kaffee!", murmelte Walter leise, als er an dem Kaffee schlürfenden Armando vorbei lief.

Tag 120

Peter Winter saß mit stark deprimierter Laune wieder am Laufband in der Fabrik.
Viele seiner Kollegen beschwerten sich schon, dass er nicht das leiste, was seine Kollegen leisteten.
Deshalb sollte ihm gefälligst was von seinem

Lohn abgezogen werden.
Doch dies wäre ja gegen das Regime und wieder unfair.
Der Arbeiter, der neben Peter am Arbeiten war, meinte sogar, er würde eine Gehalterhöhung verdienen, da er deutlich mehr Produkte am Tag abfertigen konnte, als alle anderen zusammen.
Doch auch das musste ihm wegen der Fairness verwehrt bleiben.
„So Leute! Wir haben neue Pläne erhalten!", rief der Fabrikverwalter und hielt die Pläne für ein neues Auto hoch.
„Die Rohstoffe wurden schon angeliefert. Wir machen diese Sachen hier jetzt noch zu Ende und dann fangen wir sofort hier mit diesen Karren an!"
Nach diesen Worten des Fabrikverwalters brach keine Freude aus.
Die Produktion von Autos wird nämlich noch viel kraftaufwendiger sein, als nur einfach Dinge am Fließband zusammen zu setzen.
Härtere Arbeit aber gleicher Lohn.

> Man muss sich ja schließlich an die Fairness halten... nicht wahr?

Tag 128

Gordon Kelly war wieder einmal mit seinem Kollegen in der Stadt unterwegs.
Heute war das Ziel, etwas aus dem städtischen Museum abzuholen.
„Ey Bing, hast du auch schon was von diesem Zeug probiert, was die Regierung jetzt neu rausgebracht hat? Was sagst du denn dazu?"
Bing lachte und sagte dann wie schon viele zuvor:
„Schmeckt scheiße! Gestern in der Mittagspause habe ich mir was von diesem süßen zähen Zeug gekauft. Habe mich dann aber doch für einen Schokoriegel entschieden. Der Mann am Kiosk meinte dann, ich hätte Glück gehabt. Es wäre der letzte Schokoriegel gewesen und es würden auch keine neuen mehr produziert."
Gordon steuerte durch die Theaterstraße und meinte dann wieder zu seinem Kollegen:
„Na ja, weißt du, Bing? Eigentlich sollten wir uns nicht beschweren. Uns geht es viel besser als zuvor. So ein bisschen komische Zuckerkaumasse wird uns doch jetzt nicht die

Laune verderben, oder?"

Bing räkelte sich auf seinem Sitz und murrte dann:

„Also Schokolade wäre mir schon... doch... irgendwie lieber. Wenn dir das Zuckerzeug schmeckt... dann guten Appetit, mein Freund."

Der Wagen hielt vor den großen Treppen des Museums und die beiden Handwerker stiegen aus.

Als sie durch die Eingangstür traten, standen sie direkt vor der Museumskasse, an der ein einzelner Mann mit grauem Anzug und schwarzer Brille saß.

„Guten Tag, der Herr! Wir sollen etwas für die Regierung abholen!", sprach Gordon den Mann freundlich an.

Der Mann stand langsam auf und sagte:

„Gut, ich habe Sie schon erwartet... folgen Sie mir bitte. Eventuell muss ich Ihnen sogar beim Raustragen helfen."

Gordon und Bing folgten dem Mann durch eine kleine Ausstellung, die Volkskunst zeigte, bis sie einen Raum betraten, in dem ein großer Felsen in einer Vitrine stand.

Ausgerechnet vor dieser blieb der Mann dann auch stehen.

„Hier ist es!", sprach der Mann und starrte mit gleichgültigem Blick auf den Felsen.
Bing begann zu lachen und meinte mit Lachtränen in den Augen:
„Hahaha! Der Witz ist gut, Mann!"
Der Museumsmann guckte verwirrt, aber weiter gleichgültig, drein.
„Ich schließe Ihnen dann auf.", sagte er und öffnete den Zugang zu dem großen Felsen.
Bings lachen verstummte.
„Ey, der meint das ernst.", sagte er mit offenem Mund starrte ebenfalls auf den Felsen.
„Dieser Felsen war vor einiger Zeit mitten in der Stadt gelandet. Niemand ist sich sicher, wo er herkam, aber er ist sehr metallhaltig... ich schätze auf dieses Metall hat es die Regierung abgesehen."
„Das macht Sinn.", sagte Gordon und gab Bing ein Signal, dass er mit hochheben helfen sollte.
Beide Handwerker griffen in die Vitrine und hoben den großen Felsen hinaus.
„Schaffen Sie das alleine?", fragte der Museumsmann, als er die zwei Träger nach draußen begleitete.
„Sicher doch!", antworteten Bing und Gordon im Chor.

Als sie den Felsen sicher die Treppe hinunter gebracht und im Wagen verstaut hatten, ließen sie den Museumsangestellten noch ein Formular unterschreiben und machten sich davon.

„Die Regierung hat wohl einen ziemlichen Rohstoffmangel, dass sie schon Ausstellungsstücke aus dem Museum holen müssen.", meinte Bing und biss noch einmal verzweifelt in einen der Zuckersnacks von der Regierung.

Tag 130

„Die Wirtschaft stabilisiert sich etwas. Jedenfalls habe ich das so im Gefühl und eigentlich hoffe ich das!", sprach Wiesnewski zu van Heesen, als er in seinem Büro im Regierungsgebäude auf und ab lief.

„Mag sein, Hermann! Zumindest gehen die Nahrungsmittelvorräte zur Neige, sodass die Leute verstärkt auf unsere Lebensmittel zurückgreifen müssen. Rohstoffe schaffen wir auch schon auf verschiedenste Weise heran und bald läuft auch das erste unserer Autos vom Band. Ich glaube, das wird alles sehr gut!"

In den Fabriken, in denen die Lebensmittel produziert wurden, machte Armando Kutesa gerade mit seinen Kollegen Mittagspause.

„Wisst ihr was mich irgendwie stört?", sprach Armando leicht erheitert, „irgendwie ist alles recht langweilig geworden. Alle haben die gleiche Wohnung, alle fahren Straßenbahn oder gehen zu Fuß und alle tragen fast die gleiche Kleidung. Irgendwie fehlt etwas Besonderes, oder was meint ihr?"

Seine Kollegen öffneten synchron ihre Brotboxen und einer meinte dann:

„Langweilig nennst du das? Sonst nennen es alle fair. Wenn jeder das gleich hat, ist es fair! Nicht langweilig. Das ist es doch, wofür wir gekämpft haben... dachte ich."

Armando lachte nochmal und antwortete:

„Ja schon... aber spürt ihr das nicht auch? So einen seelischen Drang in euch? Oder bin ich der einzige? Es wird langweilig... wenn ich ehrlich bin... mich spornt nichts mehr an. Ich arbeite hier für meinen fairen Lohn. Das ist gut. Aber ich kann so hart arbeiten wie ich will, dennoch werde ich nie mehr bekommen als die anderen. Das ist fair den anderen gegenüber...

doch ist es fair mir gegenüber?"
Die anderen Arbeiter starrten nachdenklich in ihre Brotboxen, bis der eine plötzlich mit vollem Mund murmelte:
„Es ist aber fair der Allgemeinheit gegenüber. Und wenn wir für die Allgemeinheit streben, streben wir für alle und alle für uns. Ganz einfach!"

Tag 140

Die ersten der „Wiesnewski-Autos" liefen an diesem Tag vom Band.
Gemeinsam ließen die Arbeiter in der Fabrik den Korken einer Champagnerflasche knallen.
Obwohl Champagner extrem selten geworden war, gönnten sich die Arbeiter gemeinschaftlich diese Kleinigkeit.
Die Regierung versprach sich durch die neuen Autos höhere Geldeinnahmen und einen besseren Ausgleich der Wertströme in der Stadt.

Tag 156

Die ersten Bürger bekamen ihr „Wiesnewski-Auto" zugestellt und die Nahrungsmittelvorräte gingen so weit zur Neige, dass alle Bürger nun tatsächlich auf die Regierungsnahrungsmittel zurückgreifen mussten, dessen Sortiment aber noch um einige Kleinigkeiten erweitert wurde.
Trotz der weiten Fairen Umstände lag eine drückende Stimmung über der Stadt...

Kapitel 10
Die Sichel schlitzt, der Hammer zertrümmert

Tag 165

Was bedeutet fair und gerecht?
Dass alle das gleiche bekommen, um den anderen in nichts nachzustehen?

Die Regierung musste weitere Arbeiter versetzen. Denn in ihren Plänen mussten weitere wichtige Dinge eingehalten werden, wie z. B eine höhere Energieproduktion in den Kraftwerken.

Wiesnewski und van Heesen, hatten nämlich ausgerechnet, wie viele Nahrungsmittel produziert werden mussten, um den Bedarf im Volk zu decken.

Für diese geplante Produktion rechneten sie aber auch zeitgleich einen höheren Energiebedarf aus.

Die Autoproduktion lief nicht durchgeplant, sondern nach Bestellung der Bürger.

Die Parkstraße wurde ebenfalls zu einem

öffentlich Gut ernannt. Viele Arbeiter kamen nach der Arbeit dort hin, um zu entspannen.
Armando lag dort zusammen mit seiner Freundin auf einer Wiese.
Das Wetter war merkwürdig an diesem Tag.
Die Sonne schien, aber immer wieder zogen dichte Wolken vorbei und tauchten die Stadt in Schatten.
„Weißt du?", sprach Armando zu seiner Freundin, „Es ist alles so furchtbar gleich geworden. Ich wollte auch gerne nochmal mit dir darüber sprechen. Wir alle arbeiten in verschiedenen Jobs, zu verschiedenen Zeiten, aber bekommen das gleiche Gehalt. Von diesem Gehalt können wir jetzt nur eine bestimmte Anzahl von Produkten kaufen. Hmmm..., und du kannst so hart und so lange arbeiten wie du willst... du bekommst trotzdem nicht mehr Gehalt. Früher bekam man noch Beförderungen oder extra Vergütungen... man hat das bekommen was einem... gerecht für seine Arbeit zustand. Wenn ich so darüber nachdenke, war damals alles irgendwie gerechter."
Seine Freundin kuschelte sich leicht an Armando und sagte in einem beruhigten Ton:

„Ach, mach dir doch nicht so einen Kopf. Es ist alles fair wie es jetzt ist. Jeder bekommt gutes Geld für gute Arbeit, die er leistet. Dazu bekommt jeder die gleichen Wohnverhältnisse und die Möglichkeit, das gleiche Auto wie jeder andere zu fahren. Das ist doch absolut gerecht so weit."

Armando hörte zu. Er erkannte die Vorteile, war aber dennoch weiter am Grübeln. Vor allem, da er weiter so ein merkwürdiges Gefühl in sich spürte.

Eine Art Trieb.

Die Turmstraße war nun mit der Zeit eine wirklich gute Wohngegend geworden. Wie jede andere Straße in der Stadt auch.

Gabriel Weiß stand in seiner Bar und wischte den Eichenholztresen sauber.

Die Bar war so gut wie leer. Lediglich ein einsamer Mann saß an der Theke und hatte Liebeskummer.

Gabriel hatte bereits den ganzen Tag versucht, ihn aufzumuntern doch der Mann konnte einfach nicht aufhören zu weinen.

„Ach junger Mann. Sagen Sie Bescheid, wenn Sie etwas brauchen. Ich bin gerne den ganzen

Tag für Sie da.", sprach Gabriel und blickte selig zu dem Mann herüber, dessen Tränen weiter auf die Theke tropften.
Nur einen Augenblick danach, trat der Postmann herein.
Auch die Post war wie jedes andere Unternehmen in der Stadt von der Regierung geleitet.
Dennoch wunderte sich Gabriel, dass er auch direkt einen Brief von der Regierung bekam.
„Hier, das ist für Sie, Herr Weiß.", sprach der Postbote und verschwand auch schon wieder.
Gabriel hielt den Umschlag fragend in den Händen und riss ihn dann oberhalb langsam mit seinem Fingernagel auf.
Auf dem Papier stand eine Mitteilung, wie sie wahrscheinlich in letzter Zeit schon viele Menschen bekommen hatten:

Sehr geehrter Herr Weiß,

aufgrund der wirtschaftlichen Lage müssen wir die Bar, in der Sie zurzeit beschäftigt sind, schließen.

Sie brauchen sich keine Sorgen um eine

Arbeitsstelle zu machen.
Wir haben Ihnen bereits eine neue Stelle in unserem Elektrizitätswerk besorgt, an dem Sie unsere Wirtschaft tatkräftig unterstützen können.

Eine Fahrgemeinschaft wird Sie am ersten Arbeitstag direkt von Ihrer Wohnung abholen und Sie dann auch im Werk direkt einweisen.

Alles zu Gunsten der Gerechtigkeit.

Mit freundlichen Grüßen

Hermann Wiesnewski u. Merlin van Heesen
i. A. Schmidt

Gabriel war etwas überrascht, wenn nicht auch etwas schockiert von dieser Mitteilung.
Seine eigene Bar musste nun geschlossen werden.
Aber wenn es für die Gemeinschaft und die Gerechtigkeit ist, hätte das sicher schon alles einen Sinn.
Die Regierung schloss seine Bar wohl auch, da die Turmstraße nun völlig ausgebaut war und

deshalb keine Bauarbeiter mehr in der Gegend waren und ihr Geld ausgeben konnten.
Dazu gab es genügend Bars und Cafés am Opernplatz, sodass die Regierung keine weiteren mehr in der Innenstadt benötigte.

Tag 167

Thomas Herbst langweilte sich in seinem neuen Job.
Die Tage im Börsenzentrum waren ihm rückblickend besser bekommen, als jetzt in einem einfachen Verwaltungsbüro zu versauern.
Er hatte wenig zu tun, sodass er fast den ganzen Tag nur an der Kaffeemaschine stand.
Die Regierung hatte ganz neu nun auch einen Kaffeeersatz heraus gebracht, um die Bevölkerung milde zu stimmen.
Thomas nahm einen Schluck des Kaffees und fluchte:
„Irgendwie schmeckt das scheiße!"
Mit einem verzogenen Gesicht setzte sich Thomas zurück an seinen Schreibtisch.
Da er sonst nichts zu tun hatte, nutzte er die Zeit, seinen privaten Kontostand zu

überprüfen.
Durch den fairen, regelmäßig überwiesenen Lohn war sein Konto beachtlich gestiegen.
Zeitgleich gab er aber so gut wie kein Geld aus, da ihn die Produkte von der Regierung nicht unbedingt reizten.
Thomas fühlte sich oft aber einfach unterfordert in seinem neuen Job.
In manchen seiner Gedanken, meinte er fast zu glauben, dass er gar nicht so viel Geld verdient hätte.

Tag 170

Ein merkwürdiges Schicksal ergriff die Stadt.

> Wenn der Würfelt fällt und eine 6 zeigt, muss das nicht immer etwas positives sein.
> Du kommst zwar schneller voran, aber eventuell nur schneller ins Unglück.
> Wer Einsen wirft kommt schleppend voran, hat aber gleichzeitig mehr Zeit für noch andere Sachen.
> Wie man sieht bestimmt der Würfel.
> Alles.

Aber du entscheidest wie du es angehen möchtest.
Alles bleibt Schicksal.
Alles.
Und du bleibst du selbst.

„Hier sind nochmal die neuen Wirtschaftsberichte.", sprach Wiesnewski zu van Heesen.
Van Heesen nahm die Berichte in die Hand und verschaffte sich einen Überblick.
Nach kurzem Grübeln sprach er:
„Unsere Lebensmittel werden ja jetzt auch richtig gut verkauft. Aber wahrscheinlich liegt das nur daran, dass die ganzen alten Lebensmittel bereits ausverkauft sind. Und wie ich sehe, steigen die Verkaufszahlen der „Wiesnewski-Autos" auch gut in die Höhe. - Weißt du was? Wir sollten noch mehr Leute in die Autofabrik versetzen, um der Nachfrage nachzukommen."
Wiesnewski nickte zustimmend und fügte hinzu:
„Wir brauchen aber auch noch andere und neue Rohstoffe. Das ganze wird wieder recht knapp. Hast du eventuell einen Plan, wo wir

noch neue Rohstoffe auftreiben können?"
Van Heesen schüttelte den Kopf:
„Keinen Plan..."

In der Wiesnewski Autofabrik wurde gerade der metallische Felsen in einen großen Schmelzkessel gehoben.
Der Felsen wurde in der letzten Zeit, direkt nach der Beschaffung, noch gründlich kontrolliert, ob er auch tatsächlich ordentlich Rohstoffe liefern könne.
Peter Winter steuerte gerade den großen Kran, an dem der Felsen hing.
Dabei half ihm ein Kollege. Mit fuchtelnden Händen wies er in die Richtung, in welche der Kran schwenken sollte.
„Peter? Weißt du was?", sprach der Kollege, „die haben diesen Klumpen hier tatsächlich aus dem Museum holen müssen. So nötig haben die das schon!"
Peter schüttelte den Kopf und meinte:
„Diese Karren werden aber trotzdem nicht besonders gut. Ich meine, wir produzieren die Dinger hier zwar mit unserer eigenen Muskelkraft, aber das alles aus dürftigem Material und nach diesen merkwürdigen

Bauplänen der Regierung. Ich habe Leute reden gehört, die diese Kisten fahren. -Besser als Straßenbahn, aber klappern soll das Ding, wie ein alter Dachstuhl im Dezembersturm."
Der Kollege lachte und gab Peter das Signal, dass er den Felsen runter in den Kessel senken solle.

Tag 180

Den Menschen konnten die komischen Lebensmittel langsam nicht mehr sehen.
Sie schmeckten billig und bekannter weise einfach furchtbar.
Die Regierung musste aber günstige Rohstoffe verwenden, um Geld zu sparen, damit alle noch ihr gerechtes Gehalt bekommen konnten.
Müllmann Walter Lens hatte heute einen freien Tag und erkannte die Lage in der Bevölkerung.
Er begab sich zur Lebensmittelfabrik, wo die Arbeiter ihre Mittagspause immer draußen vor den Toren der Fabrik verbrachten.
„Guten Tag die Herrschaften!", rief Walter, als er auf die pausierenden Arbeiter zulief.
„Öhm... guten Tag!", antwortete einer der Arbeiter.

Walter stellte sich lächelnd dazu und fragte:
„Na? Was gibt es denn hier grad schönes zu Essen? Oder was gibt es denn hübsches zu trinken?"
Die Arbeiter hielten ihre Brotboxen hoch und zeigten, dass sie mit den Produkten der Regierung gefüllt waren.
Was auch sonst?
Walter lachte:
„Und wie schmeckt das?"
Die Arbeiter schauten sich an und waren sich einig:
„Schmeckt irgendwie scheiße!"
Genau auf diese Antwort hatte Walter gewartet.
Vor den Augen der Arbeiter zog er dann ein Paket des „Lens-Kaffees" heraus und hielt ihn den Männern unter die Nase.
„Wo haben Sie das denn her?", fragte einer der Arbeiter erstaunt.
„Auf faire und gerechte Weise gebunkert! Was denken Sie denn?", sagte Walter und ließ sich das Paket von einem der Arbeiter aus der Hand nehmen.
„Wie viel wollen Sie dafür? Ich zahle, was Sie wollen!", sagte der Arbeiter dann aufgeregt.

Und genau darauf hatte Walter auch gewartet. Sein Plan endlich wieder geschäftlich tätig zu sein, hatte geklappt.
„Zahlen Sie mir 80 Mäuse und das Paket gehört Ihnen!", sprach Walter ganz erhaben.

Armando, der nur ein paar Meter entfernt Pause machte, kam zu Walter und den anderen Arbeitern hinüber.
„Hey Sie da", flüsterte er zu Walter, während die anderen noch den Kaffee bewunderten, „Sie machen hier einen auf Geschäftsmann, oder? Nicht, dass es mich stört... aber können Sie mir eventuell eine Frage beantworten?"
Walter lachte und sagte:
„He-he, was denn? Der Kaffee kostet auch für Sie 80!"
Armando lächelte, schaute dann aber auch gleich wieder ernst und fragte:
„Nein, nein... sagen Sie mir einfach. Warum machen Sie das? Alles läuft fair hier, aber Sie machen trotzdem sowas. Was treibt Sie an?"
Walter erkannte die Tiefgründigkeit, dachte nach und sagte dann:
„Hmm... wenn Sie so fragen... ich kann es nicht beschreiben. Es kommt irgendwie von innen.

Ich kann es nicht abschalten. Als gehöre es einfach dazu. Warum fragen Sie mich sowas?"
Armando ließ einen Blick über seine Kollegen schweifen und meinte dann:
„Ich kenne das auch..."

Nach der Mittagspause ging die Arbeit auch in den anderen Betrieben der Stadt weiter.
Somit auch im Kraftwerk, wo Gabriel Weiß seine Arbeit aufgenommen hatte.
So weiß wie sein Name war Gabriel aber schon lange nicht mehr.
Das Kraftwerk nutze nämlich die verschiedensten Möglichkeiten der Energiegewinnung.
Somit auch Heizkraft, in der ausgerechnet Gabriel eingesetzt wurde.
Den ganzen Tag musste er Kohlen und anderes brennbares Material in einen großen Heizkessel schaufeln.
Dass er dabei nicht ganz sauber blieb, sondern sich langsam eine rußige Schicht auf seiner Haut absetzte, war nicht verwunderlich.
Zusammen mit einigen Kollegen schaufelte er daher in dem dunklen Raum Tag ein Tag aus die schwarzen Kohlen in den Kessel und sah

dabei aus wie ein Schornsteinfeger am Freitagabend.

Ab und zu, im Laufe des Tages, musste aber ein Hebel an einem Hochspannungsgenerator umgelegt werden, der die gewonnene Energie direkt auf das Netz schickte.

„Weißt du was, Alter?", sprach einer von Gabriels Kollegen ächzend, als er weiter munter schaufelte, „das ist echt eine harte Arbeit hier! Aber der faire Lohn, den ich bekomme, ist es vollkommen wert! Endlich geht es mal fair zu!"

Gabriel wischte sich den Schweiß von seiner Glatze und meinte:

„Bist du sicher? Ich habe einen Freund, der arbeitet in einem Büro, hat immer wenig zu tun und bekommt trotzdem so viel Geld wie wir hier im Kraftwerk. Ich glaube die Arbeitszeit ist anders, aber ansonsten..."

„Im Ernst? Ich schufte hier wie ein Blöder und der hockt den ganzen Tag auf seinem Arsch?", brüllte der Kollege.

„Leider ja!", sagte Gabriel, lief zum Starkstromgenerator und schickte den Strom aufs Netz.

Wenn man den Schalter umlegte fuhr immer

ein leichtes Kribbeln durch den Körper.
Der Kasten schien nicht vollständig isoliert zu sein.

Tag 195

Bei der Regierung trafen einige Beschwerdebriefe ein.
Viele beschwerten sich über ihre Arbeitsstelle, da sie dort ihren Qualifikationen gegenüber nicht fachgerecht beschäftigt wurden.
Andere, weil sie ihrer Meinung nach so viel Arbeit tätigen, dass sie eigentlich noch mehr Geld als die anderen verdient hätten.
Einer schrieb ganz emotional, dass er ein sehr guter Zeichner währe und gerne Architekt geworden wäre. Jedoch wurde er von der Regierung ins Wasseraufbereitungswerk geschickt.
Andere beschwerten sich über die mangelhafte Qualität der Autos und ein noch größerer Teil beschwerte sich über die miserablen Lebensmittel, welche laut einiger Zuschriften „irgendwie scheiße" schmeckten.
„Diese Narren!", brüllte Wiesnewski und warf die Beschwerdebriefe quer durch sein Büro,

„die haben wohl einfach keine Ahnung! Wir müssen das schon alles planen, damit hier alle ein gleichwertiges Leben führen können. Aber da haben die wohl keine Ahnung von. Wenn alle gleich und gerecht leben wollen, muss man halt auch mal auf etwas verzichten."

Merlin van Heesen konnte seinem Regierungskollegen nur zustimmen.

Jedoch hatten beide keinen Plan, wie sie die Lage verbessern könnten.

Durch die gesamte verplante Wirtschaftsform konnten sie einfach nichts Anderes machen.

Sie hatten keine besseren Rohstoffe zur Verfügung, um alles besser produzieren zu können.

In der Zeit davor konnten Rohstoffe durch die „ungeplante" Wirtschaft noch irgendwie geregelter von den einzelnen Konzernen selber gewonnen und durch Zwischenhandel anders verarbeitet werden.

Alles in einem Zyklus, den die neuen Regierungschefs nicht gewährleisten konnten und auch nicht nachempfanden.

Es würde die große Regierungskasse zu sehr plündern, wenn bessere Rohstoffe hätten rangeschafft werden müssen.

Das war wie gesagt aber nicht möglich, da jeder weiterhin einen fairen und gleichen Lohn bekommen sollte.

Van Heesen bekam dann aber doch eine Idee:

„Wäre es nicht ein guter Einfall, wenn wir den Lohn senken? Weniger Gehalt aber dafür bessere Umstände. Oder wie wäre es, wenn wir die Löhne noch mal völlig neu setzen, sodass alle einen bestimmten Lohn bekommen, aber die etwas härter arbeitenden auch etwas mehr."

Wiesnewski schüttelte den Kopf:

„Nein, das ist doch absolut nicht möglich! Löhne senken! Von wegen... die reißen uns doch die Köpfe ab. Ein völliges neuaufsetzen der Löhne ist auch nicht möglich. Das würde hier ja nochmal alles total durcheinander bringen. Wir müssen wohl noch mal genauer nachdenken. Wo anders können wir ja nicht sparen, um bessere Rohstoffe zu holen, oder?"

Tag 203

Einige Leute hatten sich auf den Weg in das letzte noch bewirtschaftete Gebäude im ehemaligen Wirtschaftszentrum gemacht:

Die Regierungsbank.

Viele waren dort aufgetaucht, da ihnen etwas nicht ganz richtig vorkam.

Unter den Anwesenden waren Thomas Herbst und Armando.

Viele Bankkunden vor ihnen liefen wütend wieder hinaus. Aber niemand konnte genau erkennen, weswegen sie plötzlich diese merkwürdige Wut hatten.

Bis Armando an die Reihe kam und sich vor die adrette Bankangestellte an den Schalter stellte.

„Ja? Und was kann ich für Sie tun?", fragte die Dame formell.

Armando räusperte sich und begann zu sprechen:

„Mir ist etwas auf meinem Konto aufgefallen! Irgendwie bekomme ich kein weiteres Geld mehr überwiesen, obwohl meine Auszahlungen von der Regierung schon lange hätten kommen müssen. Bei mir in der Fabrik hab ich schon nachgefragt und die konnten mir beweisen, dass die Überweisungsaufträge für mein Konto schon abgeschickt wurden. Dennoch bekomme ich das Geld nicht auf mein Konto. Können Sie mir vielleicht sagen, woran das liegen könnte?"

Die Dame rollte mit den Augen und begann genervt zu erzählen:

„Wahrscheinlich haben Sie zu viel Geld auf Ihrem Konto! -Wie von der Regierung schon vor langer Zeit bestimmt, dürfen alle Bürger nur einen bestimmten Geldbetrag auf ihrem Konto haben. Mehr nicht... damit keiner überreich wird. Verstehen Sie? Damit alles gerecht bleibt! Das Geld, was auf ihrem Konto nicht ankommt, bleibt bei der Regierung. Geben Sie etwas Geld aus und warten Sie auf ihre nächste Überweisung... dann bekommen Sie Ihr Geld, wie immer."

Thomas Herbst drängelte sich an ein paar Wartenden vorbei und rief dann:

„Aber das ist doch Unfair!!! Ich wette, hier sind alle wegen diesem Problem hier, richtig? Das bedeutet ja dann, dass wir alle die letzten Wochen für nichts und wieder nichts gearbeitet haben. Wir haben geschuftet und die Regierung behält unser wohlverdientes Gehalt inne... das erinnert mich an früher. Euch nicht auch?"

Einige der anderen Bankbesucher begannen

auch zu schimpfen.
Ein etwas älterer Mann meinte dazu:
„Wissen Sie eigentlich was? Abgesehen von den kleinen Steuern damals, durften wir das behalten, was wir im Job verdient hatten. Und auch in der Arbeitslosigkeit konnten wir uns mit unseren Subventionen immerhin noch leckere Sachen kaufen. Jetzt haben wir zwar ausreichend Geld und eine Wohnung, aber wirklich Spaß macht es nicht... viel Geld aber nichts Tolles zum Kaufen. Haben Sie die Lebensmittel schon einmal probiert? -Die schmecken... nicht gut!"

Tag 208

In den letzten Tagen kamen noch mehr Beschwerden bei der Regierung an.
Dieses mal wegen den unfairen Kontoständen.
Die beiden Regierungschefs konnten sich aber wieder nur aufregen.
Sie hatten alles so gut geplant...
Theoretisch hätte es auch klappen müssen.
In der Theorie klappt ja bekanntlich alles.

Im Elektrizitätswerk war Gabriel Weiß mal

wieder schwer am schuften.

Kohle war so gut wie ausgegangen, sodass nun schon Bauschutt von den Umbauten der letzten Monate verfeuert werden musste.

Darum lag auch ein großer Haufen abgebrochener Holzbalken in dem Heizkesselraum, von dem die Männer immer wieder ein Stück nach dem anderen in die Kessel hieven mussten.

„Weißt du was, Gabriel?", begann einer von Gabriels Kollegen wieder zu erzählen, „das ‚Wiesnewski-Auto' von meiner Frau ist neulich kaputt gegangen und deswegen war sie gestern in der Werkstatt. Sehr teuer war das. Der Handwerker dort hat sich auch entschuldigt, aber die Regierung würde die Preise für sowas ja bestimmen. Das ist echte Halsabschneiderei, wenn du mich fragst."

Gabriel warf ein paar Holzstücke in den Kessel und antwortete:

„Die Regierung brauch halt Geld. Irgendwie müssen sie das Regime ja finanzieren."

„Ooooh jaaaa! Natürlich geht es wieder nur ums Geld! Erst verfluchen sie es und dann raffen sie es selbst wieder zu sich hin... typisch für den alten Wiesnewski!", meinte der

Kollege spöttisch.

„Na ja... Geld ist halt das Blut der Wirtschaft. Jede Regierungsform braucht das Geld. Aber du hast schon recht... die haben so viel versprochen und nun machen sie sowas.", sagte Gabriel und wischte sich die Asche aus dem Gesicht.

Ein Signalton ertönte, welcher ansagte, dass der Strom wieder ans Netz gelenkt werden musste.

Gabriel lief die paar Meter zum Starkstromgenerator, umfasste den Griff und hebelte ihn hinunter. Urplötzlich und ohne Vorwarnung durchfuhr Gabriel ein Stromschlag.

Der Kasten war wirklich miserabel isoliert.

Gabriel bekam einen Schlag von höherer Elektrizität ab und wurde nach hinten, auf einen Haufen mit zerbrochenen Holzbalken, geschleudert.

Einige der spitzen Holzbruchstellen bohrten sich in seinen Rücken.

„Scheiße! Gabriel!", rief der Kollege und lief ihm zur Hilfe.

Die anderen Arbeiter riefen geschockt einen Krankenwagen.

Tag 212

Gabriel verbrachte einige Tage im Krankenhaus.
Er befand sich nach dem Stromschlag im Koma und musste wegen den schweren Holzeinstichen sofort operiert werden.
Gabriel lag benommen in seinem Krankenhausbett, war verwirrt und konnte mit der Lage nicht klar kommen.
Auf dem Gang vor seinem Krankenzimmer unterhielt sich der Chefarzt gerade mit einer der Krankenschwestern dieser Abteilung:
„Das, was dem Kerl da drinnen passiert ist, habe ich echt noch nicht erlebt. Es sieht auch recht übel aus. Wir konnten ihm die Holzteile und Splitter einigermaßen gut rausoperieren, aber sein Becken und seine Wirbelsäule wurden dadurch ganz schön in Mitleidenschaft gezogen. Wie es im Moment aussieht, wurde auch das Zentralnervensystem stark beschädigt. Wir müssen damit rechnen, dass der arme Kerl seine Beine nie wieder bewegen kann."

Tag 220

Der Unmut in der Bevölkerung wurde größer.
Das Lohnsystem war lückenhaft und unfair und eigentlich total unausgereift.
Die Qualität der Regierungsprodukte war sehr schlecht, die Gebäude fingen schon wieder leicht an zu zerfallen, sodass weitere ungeplante Sanierungskosten entstanden und das Essen schmeckte... suboptimal.
Die Regierungsspitze war absolut überfordert.
Vor allem, als vor dem Regierungsgebäude schon die ersten Proteste stattfanden.
Bei den Beschwerdebriefen allein blieb es wohl nicht.
Eine winzige Möglichkeit hatte die Regierung aber gefunden um nochmal Geld zu verdienen.
Denn es machte das Gerücht die Runde, dass ein gewisser Müllmann alte Waren zu hohen Preisen verkaufte.
Alles ohne Steuer oder Einwilligung der Regierung.
Das durfte nicht sein.
Dieser gewisse Müllmann konnte aber schnell ausfindig gemacht werden.

Die Müllabfuhr stand früh morgens kurz vor ihrer Tour, als ein Auto von der Regierung vor dem Entsorgungsbetrieb hielt.

Drei Männer in schwarzer Regierungsuniform stiegen aus und liefen auf die Müllmänner zu, welche sich gerade auf die Tour vorbereiteten.

„Ist hier ein gewisser Herr Lens anwesend?", rief einer der Regierungsangestellten den Müllermännern zu.

Walter Lens trat aus der Gruppe der Müllmänner heraus und sagte:

„Das bin ich! Was ist los? Werde ich jetzt doch noch befördert?"

Die Regierungsmänner packten ihn am Arm und sagten im strengen Ton:

„Nein! Sie wurden dabei beobachtet, wie Sie illegal mit Waren gehandelt haben. Kommen Sie jetzt bitte mit."

„Sie spinnen wohl!", rief Walter und riss sich von den Männern los.

„Machen Sie keine Anstalten! Wir haben handfeste Beweise und Zeugenaussagen!"

Walter Lens bewegte sich in großen Schritten von den Männern weg, aber diese begannen ihm urplötzlich hinterher zu sprinten.

Auch Walter musste anfangen zu laufen und

lief über den großen Müllautoparkplatz in Richtung des Entsorgungshauptgebäudes.

Er rannte die kleine Zugangstreppe hoch und musste feststellen, dass die Eingangstür verschlossen war. Er hatte total vergessen, dass sie diese immer abschlossen, wenn sie auf Tour gingen.

Instinktiv rannte er dicht gefolgt von den Männern in eine andere Richtung zwischen zwei Müllautos.

Als er gerade zwischen ihnen hindurch lief, schnitten ihm die Regierungsmänner aber den Weg ab.

Hinter ihm zwei der Männer und plötzlich vor ihm der dritte, der größte von ihnen.

Walter stand eine Schocksekunde lang still, was allerdings ausreichte, dass ihn die Männer packen konnten.

„Ihr verrückten Arschlöcher!", brüllte Walter und schlug dem einen Mann, der ihn umfassen wollte, die Nase blutig.

Der zweite rammte Walter seinen Kopf ihn den Bauch und stieß ihn gegen einen der Müllwagen, sodass das Metall laut schepperte.

Walter wusste sich aber zu helfen und Griff zu einem Mülltonnendeckel, der herrenlos herumlag.

Er holte aus und schlug dem vom Stoßangriff selbst etwas benommenen Regierungsangestellten einmal fest auf den Hinterkopf.

Der große Mann, welcher noch nichts abbekommen hatte, zog eine Pistole aus seinem Mantel und bedrohte Walter.

„Hören Sie jetzt auf! Noch sind Sie zu retten!"

„Ach, lass mich in Ruhe, du Schwein!", brüllte Walter und lief mit dem Mülltonnendeckel in der Hand auf den Mann zu.

Dieser drückte jedoch eiskalt, mit seiner Pistole auf Walter gerichtet, ab.

Die Kugel traf Walters Schulter, sodass dieser kreischend zurück auf die Erde flog.

„Du Wichser!", rief er noch einmal, während ihm das Blut aus der Schulter lief.

Er ließ es aber nicht auf sich sitzen und holte mit dem Mülltonnendeckel noch einmal aus und warf ihn mit Schwung, wie eine Frisbee, dem Regierungsangestellten gegen die Stirn, sodass er eine glatte blutige Platzwunde abbekam.

Der Mann mit dem Nasenbruch hatte nun auch endgültig die Schnauze voll, griff ebenfalls zu seiner Waffe, setzte an und drückte... 1 ... 2... 3... mal ab.

Walter zuckte bei jedem Schuss, der sein Fleisch zerfetzte, und sackte schließlich mit dem ganzen Körper flach auf die Erde.

Das Blut floss über den Asphalt.

Er brachte kein letztes Wort mehr raus.

Kapitel 11
Am Ende bleibt die Menschlichkeit

Tag 230

Der totale Unmut war nicht mehr aufzuhalten.
Die Müllmänner gingen wegen der Ereignisse vor kurzem in den Streik.
Für die wichtige Arbeit der Müllmänner konnten trotz allem keine Streikbrecher angeheuert werden, weil das sonst die ganze Planung der Regierung durcheinander gebracht hätte.
Die ganze Planung war so wie so bereits ziemlich erschöpft.
Viele Menschen blieben oft einfach nur zu Hause, weil sie keinen Sinn darin sahen, zu arbeiten, da sie ja ihr Gehalt ohnehin bekamen.
Der Wille zu Mehranstrengung war gebrochen.
Andere Bürger protestierten weiterhin jeden Tag vor dem Regierungsgebäude.
Hermann Wiesnewski und Merlin van Heesen flippten aus.
Was sollten sie noch tun?

Währenddessen bekamen die Schmitz Brüder eine ganz neue Idee.

Sie fühlten sich schlecht.

Ihre Vergangenheit als erfolgreiche Geschäftsleute konnten sie nicht einfach so ablegen. In ihrem neuen Bürojob fühlten sie sich fehl am Platz.

Am späten Abend nach einem weiteren langweiligen Tag im Büro, packten sie ihre Sachen.

Keiner von den Menschen hier hatte die Stadt je verlassen. Aber die Schmitz Brüder witterten die Ansätze einer neuen Revolution.

Auf so etwas hatten sie einfach keine Lust mehr.

Sie wollten dahin, wo sie wirklich als das gebraucht wurden was sie waren... sie wollten dahin wo sie wirklich für das arbeiten, was ihnen auch etwas brachte.

Sie packten einen Teil ihrer Klamotten und auch etwas von dem Essen ein, was sie sich noch aufbewahrt hatten.

Ohne eine Träne der Trauer machten sie sich auf den Weg zur Stadtgrenze.

Da die Stadt wie ein großes Quadrat aufgebaut war, konnte man die Stadt eigentlich an allen

Seiten sehr schnell verlassen.

Niemand schaute die Brüder schief an, als sie mit ihren Koffern spät abends noch durch die Stadt liefen.

Nicht mal eine Polizeistreife hielt sie für verdächtig.

Alles zu ihrem Glück.

Als sie dann die Gassen und Straßenzüge der Berliner- und Wienerstraße durchquert hatten, standen sie vor einem kleinen Hügel.

Als sie diesen hoch und wieder heruntergeklettert waren, lagen sich die Brüder in den Armen.

Sie hatten die Stadt unbeschadet verlassen können.

Tag 237

Jedoch fiel es bald auf, dass die Brüder Schmitz nicht mehr zur Arbeit erschienen und auch sonst nicht gesichtet wurden.

In ihrer Wohnung waren sie nicht auffindbar und auch sonst hatte sie keiner mehr gesehen.

Schnell machte sich das Gerücht breit, dass sie die Stadt verlassen hatten, was viele der Bürger für eine gute Idee hielten.

Niemand hatte große Lust auf Revolten oder ähnliches. Die Stadt aber einfach friedlich zu verlassen, hielten viele der Bürger für eine wirklich gute Alternative.

Thomas Herbst hatte sich in der Zwischenzeit auch eines der „Wiesnewski-Autos" besorgt und quälte sich damit durch den Straßenverkehr.
„Mein erstes Auto! Und dann so eine Schrottkiste!", schimpfte er.
Im Radio lief dazu eine Art Propagandasendung der Regierung, wo nochmal alle Vorteile des neuen Regimes aufgezählt wurden.
Aber niemand ließ sich mehr davon beeinflussen.
Alle wussten, dass auch dies nicht wirklich sinnvoll verlaufen war.

Heute war der Himmel wieder bedeckt.
Dennoch hielt es Armando weiterhin für eine nette Idee, seine Freundin ins Café einzuladen.
Trotz allem hatte sie Tränen in den Augen, als sie in die Tasse mit dem scheußlichen Regierungskaffee blickte.

„Was hast du denn, Schatz?", fragt Armando besorgt.
Seine Freundin setzte die Kaffeetasse ab und schluchzte:
„Weißt du? Ich liebe dich, aber ich fühle mich in dieser Stadt hier einfach nicht mehr wohl. Ich wäre auch so gerne Kleidungsverkäuferin geworden, aber die verdonnern mich zu verfluchter Büroarbeit. Und ich habe gehört, dass das Essen hier bei einigen schon irgendwelche allergischen Reaktionen verursacht hat. Und neulich... das hast du doch auch gehört, oder? Da hat die Regierung aus irgendeinem Grund einen Müllmann erschossen. Ich habe furchtbare Angst hier, Armando."
Armando nahm seine Freundin tröstend in den Arm und musste selbst ein wenig überlegen. Irgendwie hatte er die kommende Unzufriedenheit gewittert.

Tag 240

In der Nahrungsmittelfabrik fiel unangenehm auf, dass der Hauptarbeiter für die Mischverhältnisse nicht mehr zur Arbeit auftauchte.

Ebenfalls unangenehm war die Tatsache, dass die Müllabfuhr weiterhin im Streik war und sich somit der Müll vor den Fabriktoren stapelte.

Das setzte die Regierung unter Druck.

Gleichzeitig plante die Regierung aber auch die Müllmänner unter Druck zu setzen.

Gehälter wurden diesen schon gestrichen.

Doch darüber lachten sie nur.

Was sollten sie sich davon denn auch schon kaufen?

Etwas von diesem Regierungsschrott?

Da sagten die Müllmänner aber ‚nein danke'.

Tag 258

Die Regierung war platt.

Vor dem Regierungsgebäude am Rathausplatz standen nun Tag und Nacht Protestler.

Doch sowohl Wiesnewski, als auch van Heesen, fanden keinen Rat.

„Wir haben immer mehr Berichte, dass Leute die Stadt verlassen.", sagte van Heesen besorgt.

„Die sind ja auch dumm, diese Leute! Damit schaden die unserer Stadt ungemein. Wie

sollen wir all die Planungen einhalten, wenn die einfach verschwinden? Wir brauchen die Arbeitskräfte, um alles einzuhalten... diese Trottel da draußen sollten lieber gegen sich selbst demonstrieren. Die sind ja größtenteils selbst an ihrer Lage schuld, wenn sie sich so dämlich verhalten.",
antwortete Wiesnewski, worauf van Heesen grübelnd meinte:
„Wir müssten einfach dafür sorgen, dass die Leute die Stadt nicht mehr verlassen. Wie könnten wir dafür sorgen? -Wie wäre es, wenn wir eine Mauer um die Stadt bauen?"
„Das ist ja wohl lächerlich! Wir sollten das Verlassen einfach so verbieten. Aber so viel Polizei haben wir schon lange nicht mehr..."

Tag 270

Nachts kam es immer mehr zu Massenfluchten der Bürger.
In großen Gruppen marschierten sie aus der Stadt.
Selbst die Polizisten, denen sie auf dem Weg begegneten, ließen sie einfach laufen, oder verschwanden selber mit aus der Stadt.

Die Regierungsleiter mussten wieder ihre Pläne über den Haufen werfen. Aus den Fabriken verschwanden immer mehr Arbeiter, dass weiter Menschen aus ihren Jobs geholt und in die Fabriken gesetzt wurden.
Die Nahrungsproduktion musste ja trotz allem weiter gewährleistet werden.
Auch die Zahl der Protestierenden vor dem Regierungsgebäude nahm ab.
Aber nicht etwa, weil die Leute wieder zufriedener waren, sondern weil sie auch schlichtweg die Stadt verlassen hatten.

Tag 277

Viele Straßenzüge waren dunkel.
Es konnte nicht mehr ausreichend Energie produziert werden, um alles zu beleuchten.
Es fehlte an Arbeitern und Rohstoffen.
Es war einfach nur noch jämmerlich.
Keiner konnte die Einwohnerzahl mehr schätzen.
Viele Einwohner waren verschwunden, oder gingen einfach nicht mehr zur Arbeit, sodass sie nicht mehr bei den Zählungen erfasst werden konnten.

Es wurden auch viele Betriebe dicht gemacht, da die Wirtschaft sie einfach nicht mehr tragen konnte.

So kam es dann letztendlich dazu, dass in den Fabriken und Läden eine Art Notbesetzung arbeiten musste, welche nun wirklich nur alleine für ihre eigene Lebenserhaltung schufteten.

Auch van Heesen hatte jegliche Hoffnung verloren.

Des Abends sprach er zu seinem Kollegen Wiesnewski:

„Ich fühl mich schlecht. Ich geh runter in den Laden und hol mir was von diesem Zuckerzeug."

Wiesnewski schaute seinem Kollegen hinterher, als dieser aus der Tür ging und rief noch hinterher: „Was? Dieses Zeug? Das schmeckt doch irgendwie scheiße."

„Also mir schmeckt es!", rief van Heesen zurück und verschwand.

„Der verarscht mich doch.", murmelte Wiesnewski misstrauisch und starrte weiter auf die Wirtschaftsberichte, die abgrundtief schlecht waren.

Tag 280

Wiesnewski hatte Recht.
Van Heesen führte ihn an der Nase herum.
Er tauchte den Abend nicht mehr auf. Er hatte die Stadt heimlich und verräterisch ebenfalls verlassen.
Die unterbevölkerte Stadt war hoffnungslos verloren.

Einer der wenigen noch ansässigen Bürger war Gordon Kelly.
Zur Arbeit ging er aber schon seit einiger Zeit nicht mehr. Er hatte eine viel bessere Möglichkeit gefunden.
Unter den wenigen noch in der Stadt wohnenden Bürgern ging ein neues Gerücht um, was gar nicht so unglaubwürdig schien.
Im Börsenzentrum sollen noch Massenhaft qualitativ hochwertige Dinge herumstehen und vor allem noch essbare Dinge aus der Zeit vor dem neuen Regime.
Nachts, als ein starker Regenschauer über die Stadt fegte, machte sich Gordon mit zwei Bekannten auf den Weg ins Wirtschaftszentrum.

Die ganze Stadt war dunkel. Es war recht unheimlich. Besonders im Wirtschaftsviertel hatten schon lange keine Lichter mehr in den Häusern gebrannt.

Vor dem Börsenzentrum schlugen die drei Männer eine Scheibe ein und gelangten durch diese ins Innere.

„Man sagt, dass hier immer noch alles gut gesichert ist! Deshalb habe ich mir für dieses Ding extra etwas Sprengstoff besorgt. War schwer zu bekommen, ich gebe es zu. Aber in diesen Zeiten geht ja irgendwie alles.", sprach einer von Gordons Bekannten.

Gordon fühlte sich unwohl, da er sonst eigentlich immer fair war und für alles gearbeitet hatte.

Aber er brauchte irgendwas zum Leben. Er konnte zwar auch von der jetzigen Regierung gut leben... aber er wollte einfach mehr. Das lag ihm im Sinn.

Die Gerechtigkeit des Regimes war ihm egal.

Er brauchte einfach etwas, das die anderen dann nicht hätten.

Durchnässt liefen die drei Männer durch die große leere Eingangshalle. Sie rannten bis zur Treppenhaustür, welche in die höheren Etagen führte, wo noch alle guten Sachen gebunkert waren.

Doch vor dem Treppenhaus war eine schwere, schon fast tresorartige, Tür.

Einer der Männer holte ein Brecheisen heraus und wollte die Tür aufhebeln.

Es klappte nicht.

Auch wildes Schlagen auf die Tür brachte keinen Erfolg.

„Wartet mal!", sprach da der Mann, „Gordon! - Schau bitte mal da bei der Rezeption unter den Tisch ich glaube, da ist ein Knopf um die Tür zu öffnen.

Gordon lief rüber zur Rezeption, über der immer noch das große goldene „Own it all" thronte. Er kletterte über den Tresen und suchte einen Knopf.

„Da ist nichts!", rief er aber schließlich.

„Dann brauchen wir wohl doch den Sprengstoff, Jungs!", sagte der Mann an der Treppenhaustür und installierte den Sprengsatz.

Danach lief er weit von der Tür weg und betätigte den Zünder.

Ein lauter Knall schallte durch den Raum und eine gigantische Staubwolke wurde aufgewirbelt.

Dazu flogen vereinzelte kleine Trümmer durch die Luft.

Überraschenderweise war die Explosion so hart, dass selbst die Wände zu reißen begannen.

„Wuhoooo! -Das ist ja mal ein Sprengstoff!", rief der Mann mit dem Zünder.

Doch dem anderen Mann fiel etwas viel Erschreckenderes auf.

Die Risse in der Wand hatten das große goldenen „O" über der Rezeption gelockert, sodass es kurz vorm Herabstürzen war.

„Pass auf Gordon!", rief einer der Kollegen.

Doch es war schon zu spät.

Das große „O" löste sich von der Wand und stürzte hinab.

Gordon konnte nicht mehr ausweichen und wurde unter lautem Krach von dem großem Buchstaben zerquetscht.

„Scheißeeee!", rief einer der Männer und rannte vor lauter Panik wieder nach draußen.

„Ey, du kannst doch jetzt nicht einfach...", rief der Mann mit dem Zünder noch mal, doch es war zu spät.

Sein Kumpel war abgehauen und alleine

konnte er nichts mehr reißen.

Tag 320

Hermann Wiesnewski konnte es nicht mehr in seinem Büro aushalten.
Alles war ihm entglitten.
„Die Wirtschaft war zusammengebrochen und jeder tat was er wollte.
Wiesnewski verließ das Regierungsgebäude durch die große Eingangstür.
Die Stadt war heruntergekommen. Überall lagen irgendwelche Gegenstände, die bei der Flucht einfach fallengelassen wurden.
Wiesnewski atmete tief durch und schritt vorsichtig durch die Straßen. Er ging in Richtung Wirtschaftsviertel.
Etwa fünfhundert Meter vor dem Eingang des Börsenzentrums stand ein alter Polizeiwagen.
Kaputt.
Nicht mehr zu gebrauchen.
Wiesnewski musste einsehen, dass sein Versuch gescheitert war, die Welt nach seinen Wünschen fairer zu gestalten. Er selbst warf sich nichts vor.
Die anderen waren schuld.

Hätten die Bürger nach seinem Plan gehandelt, wäre es nicht so weit gekommen.

Nein, es wäre besser gewesen. Gerechter. Fairer.

Dass die anderen mit seinem Plan letztendlich unzufrieden waren, bewies Wiesnewski nur, dass die Menschen gierig sind. Furchtbare Kreaturen, die nur an sich selbst denken. Er habe doch alles nur zum Wohle der Gerechtigkeit getan. Dass seine Vision von Gerechtigkeit meilenweit von der Vorstellung der Gerechtigkeit anderer war, interessierte ihn nicht. Es gab nur seine Gerechtigkeit, nur seine Fairness, nur seine Idee. Punkt.

Man kann Menschen nicht ändern.

Wiesnewski ging auf den Polizeiwagen zu und rüttelte an der Tür. Sie klemmte, war aber nicht abgeschlossen. Mit einem kräftigen Ruck riss er die Tür auf und setzte sich auf den Beifahrersitz. Er zog die Tür zu und schaute sehnsüchtig aus dem Fenster, welches bereits gesplittert war, durch Schutzfolie aber dennoch zusammenhielt.

Mit einem Tritt gegen das Armaturenbrett öffnete sich das Handschuhfach und unzählige Zettel purzelten heraus. Doch mitten in dem

Papierkram lag sie, eine achtzehn Zentimeter lange Polizeiwaffe.

Hermann nahm sie in die Hand und strich vorsichtig mit dem Mittelfinger über den Lauf. Er drehte die Waffe um, zog das Magazin ein kleines Stückchen heraus und fixierte es wieder.

Er warf einen weiteren sehnsüchtigen Blick aus dem Fenster und sprach:

„Wir gehen unter, aber wir nehmen die Ungerechtigkeit mit."

Wiesnewski steckte sich die Waffe in den Mund und drückte ab.

> Manchmal bringt es wohl was, einfach alles stehen und liegen zu lassen, hm?

Tag 350

Die Stadt war dunkel, die Stadt war kaputt, die Stadt war leer.

Schaurig ragten die düsteren Silhouetten der Wirtschaftshochhäuser in den dunklen Abendhimmel hinein.

Die Fassaden der Wohnhäuser standen finster im Schein des Feuers der ausbrennenden

„Wiesnewski-Autos" umher.

Hier und dort brannte noch einsam ein Lichtlein. Ob es von Menschen oder einfach von einer Wohnung stammte, wo man vergaß, das Licht zu löschen, war unklar.

Die Laternen waren umgestürzt und die Straßen hatten wieder Schlaglöcher.

Einsam spazierte noch ein Mann durch die Gegend. Er trug einen Anzug und hatte seinen Filzhut tief über sein Gesicht gezogen.

Langsam schlich er durch die Straßen des zerstörten Wirtschaftsviertels.

Es war Peter Winter.

Als er am Börsenzentrum vorbei lief, erkannte er das Gebäude wieder.

Neugierig trat er durch ein zerbrochenes Fenster hinein und befand sich in der großen Eingangshalle.

Die Halle war einsam und leer.

Von dem damaligen Wirtschaftstrubel war nichts mehr zu spüren. Der Weg ins Treppenhaus war von irgendwem zersprengt worden.

Nachdenklich schaute Peter Winter auf das große goldene „Own it All".

Das große „O" war heruntergefallen und hatte

allem Anschein nach einen Plünderer zerquetscht.
Die anderen Letter hingen aber immer noch prunkvoll und stolz an der Wand.
„Own it all... besitz es alles.", flüsterte er leise.
Während er nachdachte, rollte draußen auf der Straße eine merkwürdige Gestalt entlang.
Peter bemerkte dies und rief leicht ängstlich:
„Hey! -Wer ist da?"
Die Gestalt drehte sich in Richtung Peter. Er erkannte, dass es sich um eine Person in einem Rollstuhl handelte, die nun langsam durch das zerbrochene Fenster, auf ihn zu, ebenfalls in die große Halle kam.
„Hey... na wen haben wir denn da? Sie kenn ich doch.",
sprach der glatzköpfige Mann im Rollstuhl mit einem seligen Lachen.
„Warum sind Sie noch hier?",
fragte Peter den Mann.
Der Mann warf auch ein Blick auf das „Own it All" und sprach:
„Ich konnte mich wohl einfach nicht von dieser Stadt hier trennen. Hier waren viele Leute, die meine Hilfe brauchten. Viele Leute, denen ich Hilfe gab und die mich daher zu schätzen

wussten. Es war wie meine Lebensaufgabe... Persönliche Hilfe... keine finanzielle. Ich strebte es an, den Menschen zu helfen, um mehr eigenes Seelenheil zu besitzen. Na ja... Und warum treiben Sie sich hier noch rum, junger Mann?"

Peter nahm langsam seinen Hut ab und sagte:
„Ich hatte auch eine Lebensaufgabe. Ich arbeitete fair und mit allen mir zustehenden Mitteln, um mich und meinen Besitz immer weiter verbessern zu können. Ich wollte nie wen ausbeuten oder so. Ich tat es nur, um selbst auf mich stolz zu sein."

Der alte glatzköpfige Mann sah an Peter hoch und sagte dann leicht lächelnd im ruhigen Ton:
„Wissen Sie was? Wir sind eigentlich gar nicht so verschieden."

Auch Peter musste lächeln und so schüttelten sich die zwei Männer unter dem goldenen „Own it all" die Hände.

> „Fressen oder gefressen werden."
> Warum geht das bei uns nicht so einfach wie im Tierreich?
> Weil die Natur uns menschlich machte.
> Dabei wird unsere Welt nicht von

Gesetzen oder politischen Systemen regiert, sondern von einfachen Menschen. Sei es nach den Gesetzen oder nicht...

Das höchste Gesetz und System bleibt jedoch die Natur mit ihrer Menschlichkeit, welche alle Systeme und Gesetze durchbrechen kann.

Von Natur aus kämpft jeder Mensch für seine eigenen Pläne und seinen eigenen Vorteil.

Diese Pläne sind so unterschiedlich angelegt, dass es nie ein System geben kann, das alle glücklich macht.

Jeder kann nur auf seine eigene, persönliche, individuelle Weise glücklich werden.

Anderen dabei nicht zu schaden ist eine Kunst, die es zu beachten gilt.

Politik ist etwas, das die Natur nicht erschuf, sondern der Mensch alleine.

Da der Mensch aber zur Natur gehört, hat er damit Schwierigkeiten.

Unser größtes Bestreben sollte daher sein, menschlich zu sein.

Widmung: Gewidmet meiner guten Freundin Madlin, welche mir zeigte, dass zwischen dem Konflikt von Kommunismus und Kapitalismus die Menschlichkeit siegt und man sich einfach auf unpolitischer Basis gern haben sollte.